勇者パーティーをクビに
なったので故郷に帰ったら、
メンバー全員が
ついてきたんだが

レキ

勇者。ジンの膝に座り、
髪を編んで
もらう時間が好き。

「ジン。どうして
私と一緒に寝てくれなく
なったの？
旅の途中までは横で寝てくれたのに」

ユウリ
聖女。あざとい。
ジンをよくからかって
楽しんでいる。
SAINT

「私……ジンさんが思っているほど良い子じゃありませんから。
ジンさんに選んでもらえるように……」

リュシカ

賢者。パーティーの
お姉さん役だが、
実は甘えたがりな面も。

「何を言っているんだ、
あなたは。
……ジンがいいんだ」

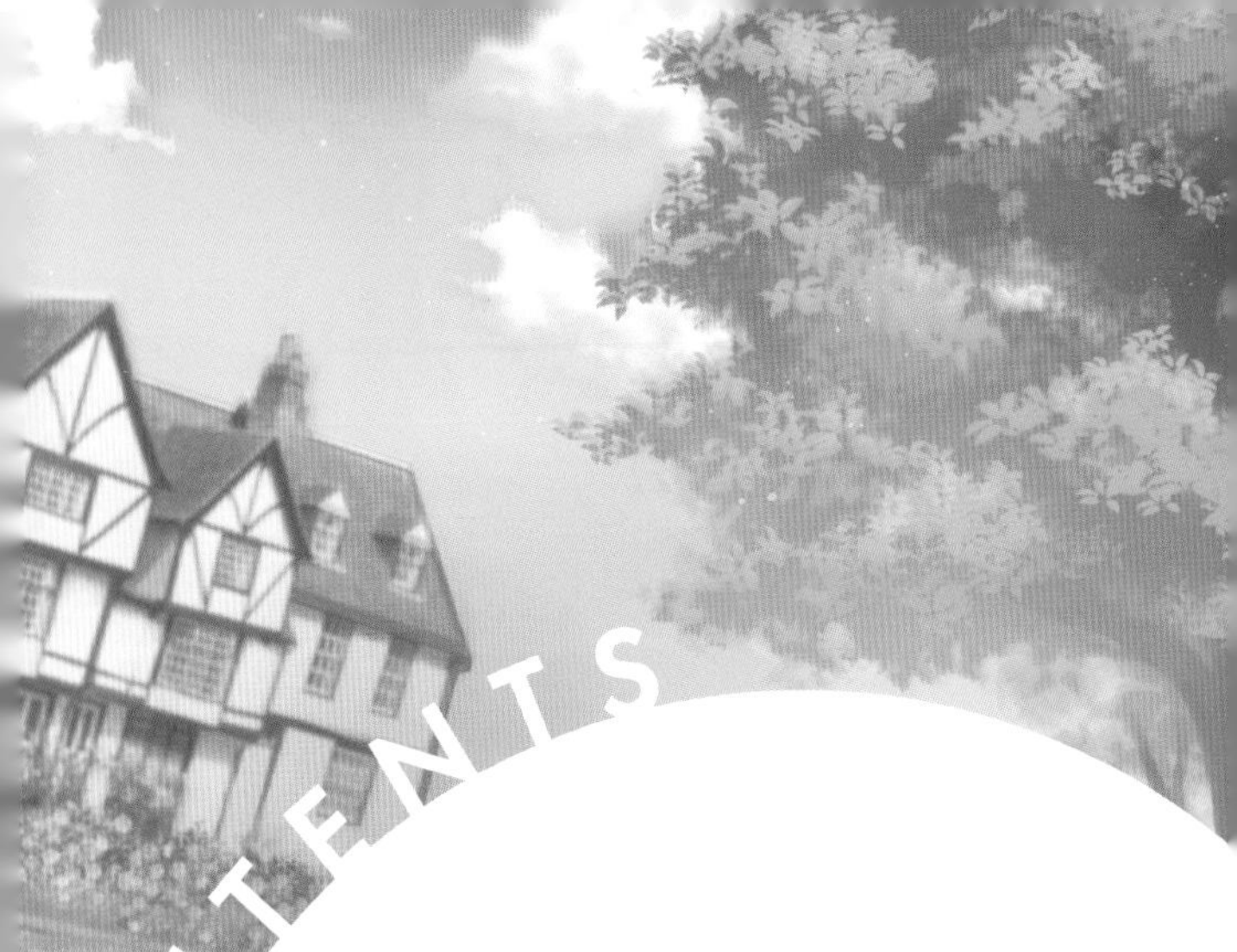

CONTENTS

illustration／希　design／AFTERGLOW

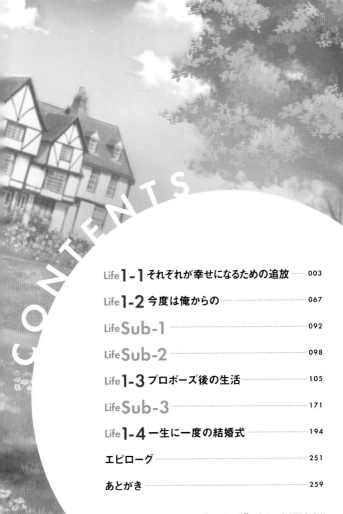

勇者パーティーをクビになったので故郷に帰ったら、メンバー全員がついてきたんだが

木の芽

角川スニーカー文庫

23840

Life 1 それぞれが幸せになるための追放

「ジン……あなたとの旅はここで終わり。【勇者】レキ・アリアスの名においてパーティーから追放する」

幼馴染《おさななじみ》の透き通るソプラノボイスが静かな部屋に響く。

彼女の両隣に座る二人も異論はないようで、静観していた。

ユウリ、リュシカ……。

二人も俺と同じくレキを支えてきた仲間たち。

そんな彼女たちからも反論がないということは、これはすでに決定事項なのだろう。

かくいう俺もこの辺りが潮時なのだと感じていたので異論はない。

「……わかった。今までありがとう、三人とも」

【勇者】の加護を得たレキと【早熟】の加護を持つ俺との二人で小さな村から旅に出た。

それから【聖女】のユウリと【賢者】のリュシカが仲間に加わって、様々な魔王軍の幹部を倒してきた。

初めの頃こそ加護の特性から俺が活躍することも多かったが、戦いの苛烈さが増すごとに足を引っ張ることも増えてきていた。

彼女たちの判断に恨みなどあるはずがない。

むしろ決心がつかず自分から辞退できなかった俺を救ってくれて感謝さえするくらいだ。

「ジンさん。あなたの想《おも》いは私たちが引き継いでいきます」

ユウリが俺の右手を握りしめてくれる。

彼女の優しさには何度も助けられた。

「私たちはあなたを最高の仲間だと思っている。過去も現在《いま》も未来も。これはその証《あかし》だ」

リュシカは身に着けていた首飾りを俺の手に握らせる。

彼女がエルフ族のお守りとして大切にしていたものだ。

まさかそんなものを譲ってくれるなんて……。

「俺も……俺も、二人と旅ができて幸せだった……！」

思わず出てきそうになる涙を堪《こら》えて、前へと向き直る。

最後にこの中でいちばん付き合いの長い幼馴染と言葉を交わしたかったから。

「ジン……約束は覚えている？」

約束……旅に出る際に国の神官に結ばされた『足手まといになったらパーティーを抜け

る』契約のことか。

ただの村人の俺が【勇者】の仲間だなんて前代未聞だったからな。

今となっては国がよく許してくれたと思う。

「ああ、もちろんだとも」

「そっか……。それならよかった」

ふと気が抜けたようにレキが微笑《ほほえ》む。

俺が今回の決定に不満を持っていないか、彼女は心配だったのだろう。

そっとレキの金色の髪をなでる。

「大丈夫。レキたちなら絶対に勝てるさ」

「うん、その心配はしていない。ここで待っていて。倒したら迎えに来るから」

「ははっ、ありがとな」

くすぐったそうに目を細めるレキ。

……この顔を近くで見られるのも、これが最後だ。

彼女は迎えに来ると言ってくれたが、それは叶《かな》いはしないだろう。

魔王を倒した後、彼女たちは英雄となって、俺なんかの手が届かない階級まで上るだろう。

もう三人とはこれまでのように会話をすることさえ難しくなる。

とても悔しい。最後まで隣で戦えない事実が。

すごく寂しい。彼女たちと共に喜びを分かち合えないことが。

「じゃあ、俺はもう部屋に戻るよ。荷物の整理もしないといけないから」

この場にあまり長くいると名残惜しくなってしまう。

気持ちが落ち着かないうちに、彼女たちのもとから去ろう。

「本当にありがとう。三人の栄光を祈ってる」

後ろ髪を引かれる思いを断ち切って、力ない笑顔を浮かべて告げた俺は扉を閉めた。

◇◇◇◇◇

ジンが去った後、ユウリやリュシカも部屋を出て行く。

二人とも悲しげな表情をしていた。

私だって同じ気持ちだ。

ジンは昔からずっと私の味方をしてくれたヒーロー。

【勇者】の加護はその身に強力な力を宿らせ、全能力の限界値《リミッター》を解除する。

制御できなかったこの力のせいで異端児として扱われていた私に、優しさを与えてくれたのは間違いなくジン。

『俺はずっとレキの味方だよ』

『……本当に？　ずっと？』

『もちろん！　レキは俺にとって大切な家族《ひと》だから』

『それじゃあ……魔王を倒したら結婚して？』

『ははっ、それまでレキが俺を好きでいてくれたらな』

『……絶対だから。約束』

五歳から続く私の宝物の記憶。

ジンはこの約束を覚えていると言ってくれた。

私が勇者をやっているのは【勇者】だとわかった瞬間、手のひらを返した奴《やつ》らのためじゃない。

ジンと幸せな結婚生活を送るために平和を脅かす魔王が邪魔だったからだ。

ジンにも女神様の加護があったのは嬉《うれ》しい誤算で、一緒に旅ができて一石二鳥。

だけど、それもいったんここまで。

魔王は強いらしいし、ジンに何かあっては大変だ。

私の最終目標はジンと結婚して、十人くらい子供を産んで、幸せに暮らすこと。

なので、ジンにはいったん離れてもらう。

魔王は一日もあれば倒せるだろう。

今の私にはそれくらい気力がみなぎっていた。

魔王を倒せば結婚。魔王を倒せば結婚……。

自然と鼻息も荒くなってしまうというものだ。

「ウェディングドレスを買いに行かなきゃならない」

全てジンの好みに合わせてあげたい。

魔王を倒して帰ったら、ジンと街に出かけよう。

久しぶりに二人きりで。

ユウリやリュシカは嫌いじゃないけど、最初の頃に比べてジンと二人で過ごす時間は少なくなってしまった。

やはり、それは寂しい。

「ジン……愛してる」

灯《あか》りを消して、ベッドに寝転ぶ。

幸せな未来を夢見て、眠りへとついた。

◇　◇　◇　◇　◇

——なんて、可愛《かわい》いこと考えているんだろうなぁ、レキちゃん。

旅の仲間であり、恋敵でもあるまだまだお子様な勇者様の考えることなんて簡単にお見通しだった。

今までジンさんにベッタリだったのに、魔王戦を前にパーティーから追い出すなんて言い出した時はこのレキちゃんは偽物かと疑ったけど、彼女の立場になって考え直せばすぐにわかる。

最愛の人が死なない最善の方法は魔王との戦いに参加させないこと。

ジンさんには悪いですけど、彼がいてもいなくても戦力的に私たち三人には影響があまりない。

むしろ、確実に生きているという事実の方が精神に安定を与えてくれるでしょう。

私たち勇者パーティーの負け筋は彼が死んで動揺してしまうことくらいしかありませんから。

レキちゃんは明日のうちに魔王を片付けてジンさんに告白するつもりでしょう。

だけど、そうはいきません。

「ごめんなさい、レキちゃん」

あなたとはお友達だけど、こればかりは譲れません。

【聖女】の加護を得たことで、女神の生まれ変わりとして崇《あが》め奉《たてまつ》られてきた私の苦しみを理解してくれたのは彼が初めてでした。

毎日、毎日、子供の頃から見るもおぞましい傷を治してきました。

見知らぬ人たちの悩みを聞き続けてきました。

遊びなど許される時間などあろうはずもなく、心を殺してきた私に思いを投げかけてくれたあの一幕を忘れたことなどありません。

『ユウリの話を聞かせてくれないか。楽しいことでも……辛《つら》いことでも、なんでもいいからさ』

『どうして……そのようなことを？』

『だって、俺たちは女神様へ捧《ささ》げるようにユウリに祈るのに、そのユウリは誰にも縋《すが》れない。それっておかしいことだなって思って』

『──────』

『俺なんかでよかったら頼ってほしいんだ。ユウリが苦しい時、折れそうな時、そばで支えてあげたい』

『……そんなことが、許されるのでしょうか？』

『許さない奴がいたら俺がぶん殴ってやるさ。俺が力になりたいのは【聖女】様じゃなくてユウリだから』

……ふふっ。ジンさんはとてもお優しい方。

あのような熱のこもった言葉と瞳で訴えかけられてしまっては、私の冷え切った心も溶けてしまうというものです。

「そばで支えてあげたいだなんて……！　ふふっ、うふふっ……！」

間違いなくプロポーズでしょう。

あの時は泣いてしまって、返事はできませんでしたがついにベストなタイミングがやってきました。

部屋を出る時のあの寂し気な視線。

フられたんだと傷心してしまっているに違いありません。

安心してください、ジンさん。

私はあなたを捨てませんよ。

今からユウリの全てを使って癒やしてあげますからね！

【聖女】に必要な処女性？　なんですか、それ？

処女でなければ【聖女】でいられないなら、私は【聖女】なんてやめます。

今から私はジンさんと熱い初夜を繰り広げるのですから。

それにこれは二人のためでもあります。

魔王を討伐すればこれまでのように会うことは叶わないでしょう。

しかし、ここで私が妊娠することによってジンさんを【聖女】の夫という立場まで昇格させれば国も彼を無下にはできません。

レキちゃんたちだって会うのが容易になるのです。

まぁ、その時は私の旦那様になってしまっていますが会えないよりはマシですよね。

「レキちゃんは寝たらなかなか起きませんし、リュシカさんは真面目《まじめ》な人ですから明日に向けて準備をしているでしょう」

その間に私がジンさんと一線を越えてしまうという作戦……！

我ながらなんて完璧なのでしょう。

「それでは身を清めてから赴くとしましょうか」

私は最終決戦前日というには似つかわしくないルンルン気分でシャワー室へと向かった。

◇　◇　◇　◇　◇

もぬけの殻となったジンさんにあてがわれた部屋。

ベッドの上に置かれた一枚の手紙。

『彼は私がいただきますので、魔王退治よろしくお願いします。リュシカ』

「ふふっ……ふふふふふっ」

……あの年増《としま》エルフ……！

私はそれを破り捨てると、急いで眠っているレキちゃんを起こしに彼女の部屋へと押しかけた。

◇◇◇◇◇

木々が繁って、月の光さえ届かない森の中に魔法陣が展開される。

まばゆい光がはじけると、私たちが見ていた景色は一変した。

転移魔法。【賢者】のみが使える古代に失われた秘術を使用した私とジンは、宿から彼が指定したポイントへと移動する。

「よかったのか、リュシカ。本当に送ってもらって」

「ああ、構わない。私とあなたは心を交わした友だ。これくらいお安い御用さ」

「そっか。やっぱりリュシカは優しいな。ありがとう」

そう言うとジンはまとめた荷物を背負って、こちらに背を向けて歩き出す。

その瞬間、私はだらしない笑みを浮かべる。

あぁ……もうすぐだ。もうすぐで、このたくましくも優しい少年が私の夫となる。

レキやユウリは甘い。特にユウリはすでに勝ったつもりでいるだろう。

今頃は部屋に置いておいた手紙を見て、慌てて魔王を倒しに向かったところか。

リュシカ・エル・リスティア。エルフとして生まれて、はや二八××年。

人間換算で二十八歳……私はエルフとしても人間としても『行き遅れ』へと両足を突っ込んでいる。

人々が十五歳――エルフでも一五〇〇歳――で結婚するのが普通と言われる中、研究に没頭してきた私は結婚になど興味がなかった。

しかし、周囲が次々と家庭を築き、結婚式に招待されるたびに寂しさを感じ始めていた。

学生時代の友人たちによる結婚ラッシュで何度も見せられる幸せそうな笑顔。

一緒にご飯を作ったり、子供が生まれて新しい家を買ったり、家族旅行に出かけて思い出を作ったり……。

そんな温かい家庭を築くのだろう。

招待された結婚式の帰路で想像を膨らませる私を待ち構えるのは暗い玄関。

返事が返ってこない空虚な「ただいま」の声。

積み上げられている膨れ上がったごみ袋。

仕事部屋だけでは飽き足らず、リビングにまで散らばった研究書類の数々。

『あ、辛い』

私も流石《さすが》に重い腰を上げて両親に頼み込んだが、時すでに遅し。

【賢者】の加護を持つ私でもこんな年喰《く》った処女《おんな》をほしがる男なんていない。

いや、【賢者】だからこそ避けられたのだろう。

年齢よりも容姿は若く見えるが、それは全てのエルフに言えること。

故に見合い話にありつくことすらできなかった私は、これ幸いと【勇者】レキたちとの旅に同行することを選んだ。

だが、数多くいる男の中でジンだけは違った。

旅の途中、私が自身の『行き遅れ』を定番の笑い話として提供すると、彼だけは私に微笑《ほほえ》んでこう言ってくれたのだ。

『そうか？　俺はリュシカみたいに気遣いできる女性は素敵だと思うぞ。きっといい奥さんになるんだろうな』

『……では、私が本当にダメな時はジンにもらってもらうとしよう』

『ははっ。俺なんかでよかったら喜んで』

好きになるに決まってるだろう……！

これだけじゃない。

『リュシカの作るご飯は美味《おい》しいな。リュシカの旦那になれる奴《やつ》は幸せ者だな』

『俺の好みの女性？　そうだな……年上の方が好きかもしれない』

『リュシカはいつも頼りになるよ。助けてくれてありがとうな』

これはもう結婚するしかない。

私はそう決めた。

今回はジンと二人きりになるにあたって最高のタイミングだった。

転移魔法を使って、ジンを故郷まで送り届けると誘い、ご両親に挨拶をする。

そのままなし崩しに一緒に寝て、愛をささやいて、ハッピーエンド……！

完璧だ。自分の頭脳が恐ろしい。

「リュシカ？」

「……ああ、何でもない。さぁ、あなたの実家に向かおうか」

「実家？　ああ、そうだな。父さんや母さんにも（頼りになる仲間だと）自慢したいし」

「挨拶……。任せてくれていい。礼儀作法なら一通り学んである」

「時間は間に合うのか？」

「明日の朝に戻れば問題はないんだ。移動も魔法で一瞬。だから戦いの前にあなたと少しでも交流を深めたいと思うのは悪いことだろうか？」

「……いや、すごい嬉《うれ》しい。正直言うと俺もちょっと自分の無力さに落ち込んでたから」

「そうか……ならば私が慰めるとしよう」

一晩かけてじっくりと……な。

この時のためにたくさんの参考文献を読《よ》み漁《あさ》ってきた。

ちゃんと互いに快楽を得られるように知識を蓄えている。

私は安心させるように、ジンの肩に手を置いた。

「案内してくれるかい？」

私の第二の故郷となる場所に。

◇◇◇◇

「あそこが俺の家だよ」

森から歩き出て、開けた視界。

すると、最低限の対策として囲むように立てられた木柵と点在する古い家屋が見えた。

そのいちばん奥。村長として村を支える両親が住む俺の実家だ。

「なるほど。流石の私も緊張してきたよ」

キュッと身だしなみを整える。

「気を遣わなくていいぞ。我が親ながら結構適当なところあるから」

「そうはいかないさ。初対面の挨拶は一生に一度きりだからな」

「ははっ、そんな大袈裟《おおげさ》な」

しかし、リュシカの気合いの入りっぷりはすごい。

まるで魔王軍の幹部との決戦に挑む前かと錯覚するほどだ。

「なんだか俺まで緊張してきちゃったな」

村を出てからはや三年。

そうだ。もう三年も会っていない。

世界を救うと言って快く送り出してもらったのに、リタイアしたと告げたらどんな顔をするだろうか。

失望……はないと信じたい。

でも、父さんなら拳骨《げんこつ》くらいはあるかもな。

ましてや、レキを置いて俺だけ戻ってきたのだからなおさらだ。甘んじて受け入れよう。

「……ジン？」

「……ああ、ごめん。ちょっと俺まで変な気持ちになっちゃって」

「……案ずるな。あなたの活躍は私が証明する。ジンは確かに世界を救ってきた。胸を張って玄関をくぐればいい」

「リュシカ……」

彼女は【賢者】だ。もしかして、ここまで見通してついてきてくれたのかもしれないな。

「まぁ、大したおもてなしはできないけど上がってよ」

そう言って俺は扉を開ける。

家には最後に見た時よりもしわが増えた父さんと母さんがいた。

二人はこちらを見やると、ガタリと勢いよく立ち上がる。

「ジン……？　ジンなのか……？」

「……うん、ただいま。父さん、母さん」

「……おかえりなさい、ジン……！」

優しげな声音で迎えてくれた二人は微笑んでいる。

その顔を見て、受け入れてもらえないかも、というのが杞憂だった。

嬉しくて思わず二人のもとに飛び込んでしまいそうになるのをグッと堪《こら》える。

いろいろと話したいこともあるけれど、その前に紹介しなくちゃいけない人物がいる。

俺と一緒に世界を救う旅をした仲間の一人を。

「父さん、母さん。こっちにいるのが──」

「──初めまして、お義父《とう》さま、お義母《かあ》さま。私はジンと婚約しているリュシカと言います、末永くよろしくお願いします」

「えっ」

「「えぇぇぇぇぇっ⁉」」

俺の言葉を遮るほどの父さんたちの叫び声が村中に響き渡った。

◇◇◇◇

「クククッ。貴様らが今代の勇者か」

私とユウリの目の前にいるのは長らくの間、この世を混沌《こんとん》に陥れてきた魔王。

確かに今まで戦ってきた魔物たちとは比べものにならない存在感と威圧感を放ち、苦戦を覚悟させられる。

いや、正確にはさ、せ、ら、れ、て、い、た、だろう。

命よりも大切な結婚生活《もの》を仲間に奪われかけている。

その事実が私たちにやる気を満ちさせていた。

なぜなら、こいつを倒した後にもっと熾烈《しれつ》な戦いが待っているから。

「我はこの世の全ての魔族を統《す》べる大魔王！　カイザー・ラリュエル――ぬおっ⁉」

「ちっ。外した」

「貴様……不意打ちとはなんと卑怯《ひきょう》な……⁉」

「お前に時間をかけている暇はない。選択肢をあげる。いま死ぬか。あとで死ぬか」

「クックック……！　その若さにして見事な殺気……！　だが、そんな脅しが我に通用すると思っているのか⁉」

やはり魔王は格が違う。今まで倒してきた魔王軍の幹部は降伏こそしなかったが、私の殺気を受けて笑い返した者などいなかった。

ならば、【勇者】としての使命を全うしてみせよう。

ジンとのラブラブ新婚生活を送るために。

「来るがよい。我も全力で迎え撃とうではないかっ！」

目の前の魔王はずいぶんと楽しそうだ。

まだ自分が勝つと思っているのか。今から死ぬのはお前だというのに。

「天にて微笑む戦女神よ。眼前広がる全ての邪悪を無に還《かえ》せ――【罪裁きの聖剣《エクスカリバー》】」

「ああ、女神よ。救いを。裁きを。執行《すくい》を。彼の者へと施したまえ――【魂滅びの唄《たましいほろ》】」

「何も見えない。何も聞こえない。何も感じない。ただ赤子のように身を抱いて逝け。弱者に常闇の帳《とばり》を――【夢幻空虚世界《ゼロ・ファンタズム》】」

三者一斉に放たれた大技。

私たちの加護による聖なる光と魔王による穢《けが》れで濁った闇がぶつかり合い、互いを侵食しようとせめぎ合っている。

……【罪裁きの聖剣】は使用者の感情によって威力を増す。

元から心の揺れが少なかった私だけど、普段から抑えているのはここ一番で感情を解き放ち、爆発力を得るため。

私はジンが好き。世界の誰よりも愛している。結婚して幸せな生活を送ると約束したから。

ここで負ければそれは全て私の夢で終わってしまう。

そんなのは絶対に嫌だ。嫌だ。嫌だ……!!

「なっ⁉　威力がどんどん増しているっ……⁉」

「……最後に勝つのは愛の力」

暗闇は全て輝きに飲まれて、辺り一帯を聖なる光が包み込んだ。

「――グァァァァァァァァッ⁉」

魔族にとって聖なる光は体をむしばむ劇物。

私とユウリが放った攻撃による光の奔流に飲み込まれた奴は叫び声を上げながらその場でのたうち回っていた。

私は警戒しながら近くまで寄って、ツンツンと剣で魔王の体をつつく。

そのたびに芋虫みたいにピョンと跳ねて、少し面白かった。

「さて、魔王。このたびの人類と魔族の戦争。どちらが悪かったと思う？」

「クックック……そんなもの我ら魔族の行いが正義——いえ、人類のみなさまの勝利でございます。……っ⁉」

魔王は自分が口にした言葉に驚き、口を手で塞いだ。

いま魔王は自分の意思とは違う言動を体が勝手にしたことに驚いているのだろう。

それこそが【勇者】たちに与えられた聖なる光の効能。

どうやら私たちの加護の力である聖なる光が着々と奴の精神を浄化しているみたいだ。

「では、これからは人類のために魔族は尽くしてくださいますね？」

「誰がそんな提案を受け入れる——わかりました。敗者として受け入れます——くそっ⁉

一体どうなっている⁉」

自分がどんどん変わっていく現状に魔王はひどく混乱している。

魔王の体はもう奴《やつ》のものではない。天から私たちを祝福しているであろう女神様たちのものだ。

「でも、この様子なら問題なさそう。ちゃんと浄化されている」

「では、早く行きましょう。現地まで案内してください」

「うん。肉体強化魔法をかけてくれたら、すぐにでも向かう」

「わかりました。ああ、女神よ。我らにお恵みを――【祝いの唄】」

ユウリが【聖女】の加護の力を使って、さらに私の力を底上げする。

グッグッと感触を確かめてから、手を差し出した。

「摑《つか》まっていて。間違いなく向かった先は私たちの故郷」

「確実なんですよね!?」

「幼馴染《おさななじみ》の直感を舐《な》めないで」

「信じます！　行きましょう!!」

いつの間にか意識を失っていた魔王に背を向けて、グッと力をため込むようにしゃがむ。

そして、私は大地を蹴り上げて――空を翔《か》けた。

◇　◇　◇　◇　◇

いま俺は夢でも見ているのだろうか。

「あらあら。本当にリュシカさんはジンを愛してくださっているのねぇ」

「素直に告げるのは恥ずかしいですが、その気持ちに偽りはありません。今日も早くご両親に挨拶がしたくて、魔法を使ってきたんです」

「そうなのかい？　いやぁ、ジンはこんな別嬪《べっぴん》さん捕まえて幸せ者だなぁ！」

当事者を置いてけぼりにして盛り上がっている仲間と両親。

しかも、覚えのない結婚話。

「リュ、リュシカ！」

「どうしたんだい？　私はあなたとの今後について話しておきたかったのに」

「いや、それがおかしい。ツッコミどころが多すぎて困るんだけど、まずはそれだ」

「なんだ、そんなことか。それなら簡単に説明できる」

肩をすくめて、やれやれと首を振るリュシカ。

「いいだろうか。驚かないで聞いてほしい」

「わかった」

「私はあなたが好きなんだ、ジン」

「待て待て待て待て待て。無理。驚かないの無理だから」

ブンブン手を振って話を止める。

しかし、彼女はその手を掴んで握りしめると、即座に話を再開した。

「ジン。前に私が『本当に結婚できなかったらもらってくれるか？』と聞いた時、あなたは言ったな。『喜んで』と！」

「…………」

……言ってる……っ！

確かに彼女とそういう言葉を交わした記憶があった。

だけど、ちょっと待ってくれ。

だからってまさか本当に迫られるとは思わないじゃないか。

それに彼女にはまだやるべきことがある。

「ま、魔王はどうするんだ？【賢者】のリュシカがいないと、いくらあの二人だって」

「それなら安心していい。ジンと一晩を共にしたらすぐに現地に向かう」

「一晩⁉　そ、そこまで⁉」

「わ、私は本気だぞ！　本気でジンが好きだし、あなたしかいないと思っている！」

なんて熱い告白なのだろうか。

確かに俺は年上が好きだし、リュシカのような包容力のある女性は素敵だと思う。

だからといって、いきなり夫婦だなんて……夫婦、だ……なんて……。

――ありなのでは？

「……リュシカ」

俺はぎゅっと彼女の手を握り返す。

すると、先ほどまでの勢いはしぼみ、リュシカはわかりやすいくらいにおろおろとし始めた。

よく考えるんだ、ジン。

この先、自分と結婚したいと言ってくれる女性なんて現れない可能性が高い。

胸から足まで流れるスレンダーな美しいボディライン。器量もよく、落ち着いた雰囲気も素敵だ。

なにより俺を好いてくれていて、俺も人として尊敬している。

そんな条件をクリアできる女性と結婚できる可能性は皆無といっても過言ではないだろう。

「……あらあら～？　二人とも自分たちの世界に入ってない～？」

「邪魔しちゃ悪いよ、母さん」

「「……っ!!」」

そうだ。父さんたちがいるのを忘れていた……っ！

両親に見守られながら愛をささやくのは流石《さすが》に恥ずかしいので、俺は手を握ったままリュシカを外まで連れ出す。

後ろから「頑張って〜」と声援が聞こえたので、ドアを閉めて無理矢理《むりやり》シャットアウトした。

「ジ、ジン？」

「ごめん。ちゃんと二人きりで話したくて……」

すぅ……と息を吐いて動悸《どうき》と呼吸を整える。

……よし、大丈夫。いけるぞ……！

「リュシカは本気でそう思ってくれているんだよな」

「あ、ああ、もちろん！」

「わかった……」

最後の確認も取れた。

ならば、俺がするべきことは一つ。

ちゃんと向かい合いたいからこそ、素直な気持ちを隠さずに彼女に伝えなければならない。

共に永遠に未来を歩むために。

「リュシカ……俺はまだ君を好きとは自信をもって言えない」

「あぁ、それは私もわかっていたよ」

「でも、これからは異性としてしっかり見ていく。……こんな俺でもいいか？」

「何を言っているんだ、あなたは。……ジンがいいんだ」

彼女は瞳を閉じる。少しだけ突き出された唇も、不器用ながら応えようとしてくれているみたいで愛《いと》おしさを感じた。

彼女の両腕をつかむ。ビクリと震えたけど、それもすぐに収まった。

改めて正面から見つめると綺麗《きれい》な顔だ。

そんなことを考えながら、俺は彼女へと徐々に顔を近づけていき――

「絶対にさせない……っ！」

「ジンさーん!!」

「ぶらるたるっ!?」

――レキとユウリが横っ腹に衝突して、思い切りぶっ飛ばされた。

「ぐふっ……ごほっ……」

ゴロゴロと転がって、木に体を打ち付けることでようやく止まった。

骨が折れたのではないかと思うほどの衝撃。

じわりじわりと全身に広がっていき、肺が酸素を求めている。

洒落《しゃれ》にならない突撃。しかも、それをやったのが見間違いでなければ……レキとユウリだった。

「ジンっ⁉」

リュシカが心配して、こちらに駆け寄ってくる。しゃがみ込むと、すぐさまに【回復魔法《ヒーリング》】を施してくれた。

あぁ……患部の痛みが和らいでいく。

「ジンさん大丈夫ですか⁉」

「ジン……死なないで……」

いや、俺をこんな瀕死《ひんし》状態に追いやったの君らなんだけど……。

めちゃくちゃ心配そうに二人は俺の手を握っていた。

「おい、二人とも！　邪魔だからどいているんだ！」

「治療なら私の方が得意ですから、リュシカさんこそおやめになってください。同系統の魔法をこんな至近距離で展開しては効果が相殺されてしまいます」

「本音は？」

「私が治して、後で脳がとろけるくらい褒めてもらいます」

「どけ、桃色聖女！　やはり私がやる」

「あれ〜⁉　【回復魔法】は患部に触れる必要ないのに、どうして脇腹触ってるんですかー⁉　手つきもおかしいですね！」

「二人とも邪魔。ジン……私が人工呼吸してあげる……」

「「人工呼吸は今は関係ないだろ（でしょう）‼」」

あの……三人とも……。

すごい心配してくれるのはありがたい。こんなにも仲間に思われていて俺は幸せ者だ。

だけど、治療は中断しないでください……。

痛みがなくなってないです……。

脇腹以外にも頭とか痛いところはまだあって……あっ、ダメだ。意識が……もう……。

「だいたいリュシカさんが抜け駆けしなければ……って、あれ？　ジンさん⁉」

「ジン……！　ジン……！」

「目を覚ませ、ジン⁉　おい、死ぬなぁー‼」

最後に視界に映ったのは涙を流しながら必死の形相で俺の体を揺さぶる三人の姿だった。

◇　◇　◇　◇　◇

「ユウリ、どう？」

「ジンは無事なのかい？」

私たちは真剣な面持ちで、目を閉じたジンさんを見つめていた。

人を癒やすことが本職の私が治療に取りかかり、手首を握りながらそっと胸元に耳を当てる。

万が一のことがあってはならない。

念には念を重ねて、ジンさんの無事を確認した。

「……ふぅ。これで終了です」

ジンさんが気を失ってしまったので、揉《も》めるのを一時中断して本職である私が【回復魔法】の最上位級である【癒やしの唄】により治療を施した。

私の報告を聞いて、二人はホッと胸をなで下ろす。

「よかった……ジンが無事で」

「ったく……みなさん、もう少し落ち着きを持ってください」

「この状況を作り出したお前がよく言えたな、その台詞《せりふ》……」

あきれた風に肩をすくめるリュシカさん。

あなたが抜け駆けしようとしなければ起きなかったんですよ？

こんな綺麗に返ってくるブーメランがあるでしょうか。

レキちゃんがそんな彼女を問い詰めるように距離を詰める。

「そういうリュシカこそ、あんなに顔近づけて何をしようとしていたの」

「うぇっ!?　そ、それは、その〜〜」

「そもそもリュシカさんが最初に抜け駆けしたんじゃないですか。私たちに魔王討伐を押しつけて……！」

「だ、だって、仕方ないじゃないか！　この機を逃したら次に二人きりになれるのはいつかわからないし……」

「知識でしか知らない年増《としま》エルフが手を出せるわけないんですから、大人しくしておいてくださいね」

「は？　じゃあ、ユウリは経験あるのか？」

「……？　ないですけど？」

なぜかリュシカさんが信じられないほどのバカを見るような視線を向けてきた。

ひどい人ですね。

私は信者の方々の生々しい経験談を数え切れないくらい耳にしてきました。

本を読みふけってばかりのリュシカさんとは違うんですよ、リュシカさんとは。

「というわけで罰として、討伐の報告はリュシカに任せる」

レキちゃんはそう言うと、ジンさんをお姫様抱っこした。

「ちょ、ちょっと待て。勇者のレキがいないとダメに決まってるだろ！　お前もついてこい」

「嫌だ」

「いいえ、リュシカさんの言うこともごもっとも。ジンさんのお相手は私がしておきますのでお二人は気にせず、王都へと向かってください」

「……淫乱聖女」

「……胸に栄養が全部いった女」

「脳筋勇者とまな板エルフの戯言《たわごと》は全くもって聞こえませんね」

「リュシカ、まずはユウリでちょっと運動しない？」

「奇遇だね。私もちょうど新しい魔法を試したかったんだ」

笑顔なのに言っていることが物騒すぎません？

三年も一緒に旅をした仲間の絆《きずな》はどこにいってしまったんでしょうか。

「そもそもリュシカさんは瞬間転移の魔法があるんですから、一瞬じゃないですか」

「その一瞬で何をしでかすか危惧しているから嫌なんだ」

「私をサキュバスか何かと勘違いしてません？」

「ん？　何か間違っているか、【性女】様？」

「……一度みなさんとは決着をつける必要があると思っていたんですよ、私」

「二人ともいい加減にして」

レキちゃんの怒りをはらんだ瞳が私たちを貫く。

真剣味を帯びた顔を見て、ハッとさせられた。

……そうだ。ジンさんを気絶させて、挙げ句の果てに醜く言い争って……私たちは何をしているのでしょう。

私たちはただ彼と一緒に笑い合えたらそれでよかったのに……あの楽しい時間をまだ分かち合いたくて……。

今のままじゃダメですね。しっかり反省して——

「このままだと私がジンと夜を共にする時間が少なくなる」

「——はいはい！　もうジャンケンです、ジャンケンで決めますよ！　勝った人が残る！　いいですね!?」

二人も平行線が続く論争にうんざりしたらしく、素直に頷《うなず》いた。

それぞれが腕を高く掲げると私が火蓋を切った。

「では、いきますよ。ジャーンケン」

「「「ポン!!」」」

直後、一人の野太い喜びが詰まった雄叫《おたけ》びが村中に響き渡って、しばらく魔物が出たのではと噂《うわさ》になったらしいです。

誰のことでしょうね、うふふっ。

◇◇◇◇

チュンチュンと小鳥のさえずりが奏でられている。

ボロい布きれで覆い切れていない窓から陽光が部屋を照らしている。

朝を告げる事象に釣られて意識が覚醒し始めて、俺はまず違和感を覚えた。

お、重い……。

体をベッドに縛り付けられたかのように、下半身に不自由さを感じた。

一体何が……え？

首をなんとか動かしてみると——ユウリが俺の股間部分を枕にして眠っていた。

「な、なんでユウリがここに……？」

「んっ……んぅ……」

今の彼女は俺にもたれかかる形。寝心地が悪いのか、身じろぎをする。

そのせいでユウリの体の最も柔らかな部分がグリグリと押しつけられる形になっていた。

ま、まずい！　この体勢は非常にまずい！

「ユウリ……！　起きてくれ！」

じゃないと、もう一人の俺が勃起《お》きてしまう……！

しかし、彼女は全く起きる気配を見せない。

普段はいちばん寝起きが良く、一緒に朝食を作る手伝いをしてくれていたのに、どうしてこんな時に限って深い眠りに……。

こうなったら強硬手段だ。

なんとかそっと彼女をどかそうとすると、ふと視界に入ったのは包帯が巻かれた俺の手足。

その瞬間、濁流のように一気に昨晩の記憶が流れ込んでくる。

「……そうだ、思い出した」

俺はリュシカに告白されてキスをしようとしたら、いきなり現れたレキとユウリにぶっ飛ばされたんだった。

それで痛みのあまり、三人が言い争ってる内に気絶して……なるほど。

おそらくユウリは俺を看病してくれて、そのまま寝落ちしてしまった……って感じか。

目が覚めたら懐かしい俺の部屋だったのにも納得できる。

「しかし……」

事情がわかったからといって、今の目のやり場に困る現状は変わらない。

「下手に動かしたら間違いなく当たってしまう……」

いくら彼女が自ら抱きついているといっても不用意に胸などには触れない方がいいだろう。

「すぅ……すぅ……」

規則正しい寝息を立てるユウリへと少しずつ腕を伸ばしていく。

彼女の体を少しだけ持ち上げて、拘束から逃れる。

胸はダメ……なんとか肩を、肩を……。

しかし、こんなところを両親にでも見られたらきっと勘違いされるな、ははっ――

「おーい。そろそろ起き……」

「…………」

「……ゆっくり降りてきなさい」

「あぁぁぁぁっ⁉　違う違う、父さん！　何か盛大に勘違いしてるから！」

大声を上げて制止するも、父さんは聞く耳もたず。

固まった笑顔のままバタンとドアを閉めて、リビングへと舞い戻っていった。

今頃は母さんと一緒に息子の不貞を嘆いているのだろうか。

それとも新しいお嫁さん候補がいると喜んでいるのだろうか。

……二人の性格的には後者な気がする。

そもそもユウリが俺に異性的な好意を抱いているわけないか。

「ん……ふわぁ……」

シンと静まり返った部屋に響く甘い声。

体を伸ばすためにグッと胸を反らしたせいで強調されるおっぱい。

そんな凶悪な武器《むね》を持っているのはただ一人、ユウリだけだ。

「あっ、おはようございます、ジンさん。体調はいかがですか？」

「今のところ問題ないかな。ユウリが治療してくれたんだろ？　ありがとう」

「いえ、ご迷惑をおかけしたのも私ですから……ジンさんはこの後どう過ごされるつもりですか？　よかったら私もご一緒したいですっ」

「わかった。今日はみんなの魔王討伐の成功を祈ろうと思って——って、そうだよ！　魔王討伐だよ!!」

のんきに会話をしていたが、今日は魔王討伐決行の日。

王国が総力を挙げて兵力を結集し、魔王軍へと総攻撃を仕掛ける。

彼女はここにいてはいけない人物。

レキやリュシカと一緒に旗印となって、魔王と死闘を繰り広げているはずなのに……。

「なんでユウリがここにいるんだ！　魔王討伐は今日だったはずだろう!?」

「魔王ならもう倒してきましたよ」

「……え？　本当に？」

「私がジンさんに嘘《うそ》をついたことがありますか？」

「……ない」

「そういうことです」

嘘だろ……？　人類を長年苦しめてきた魔王がそんな一瞬で……？

えぇ……うちのパーティー強すぎ……。

あまりにも衝撃的すぎて、すぐには事実を消化しきれない。

「今レキちゃんとリュシカさんが討伐報告に行っています。私はお留守番の役目を託されたんです」

「ユウリも行かないとダメじゃないか。俺なんか放っておいていいからすぐにでも王城に」

「大丈夫です。そのあたりもしっかりリュシカさんに頼んでありますので。私たちの今後についていろいろ、ね」

それに、と彼女は続ける。

「『俺なんか』なんて言わないでください。私の大切な人が自分を悪く言っていたら……悲しくなっちゃいます」

「で、でも」

「でも、じゃありません。ね？　約束してください」

ユウリはそっと俺の手を取って豊満な胸の前で握りしめる。

彼女の瞳には悲しみと……珍しく怒りが見て取れた。

それだけ彼女が本気なんだと自分の弱気な部分を反省する。

「……すまない。もう二度とユウリの前で自分を卑下しない」

「はいっ。約束です」

彼女は約束事をする時、いつもこうやって小指を絡ませてくる。

なんでも女神様に教わった儀式なんだとか。

詳細は知らないが、【聖女】の資格を持つ者だけに伝わる秘密みたいなものなんだろう。

俺と約束を結べてご機嫌な様子なユウリだったが、俺の腕に巻かれた包帯を見て、その笑顔に影が射した。

「改めて昨晩はすみませんでした。二人のあんなシーンを見て、取り乱してしまって……」

シュンと落ち込んだ様子で謝るユウリ。

偉業を成し遂げたというのに俺なんかの心配をして……それが彼女が【聖女】たるゆえんなのだろうが。

彼女は人の倍以上数多《あまた》の痛みに触れてきた分、他人の痛みがよくわかる子だ。

だから、こうして必要以上に自分を責めてしまう癖がある。

「大丈夫だよ、ユウリ。心配してくれてありがとうな」

「……はい、ありがとうございます」

頭をなでると、彼女はニコリと笑ってくれた。

……ユウリの笑顔は太陽のように人を照らしてくれる。

こんな素敵な子によこしまな気持ちを抱きかけた自身を恥じたい。

「ジンさんはこの後どうしますか？　まだお休みになりますか？」

「いや、もう起きるよ。ビックリしすぎて寝られそうにない」

「じゃあ、朝ご飯食べちゃいましょう。お詫《わ》びに今日は私が作っちゃいますね」

「俺も手伝うよ。ユウリに甘えてばかりじゃいられないからな」

そう言うと、ユウリは喜びを表現するかのようにピョンと跳ねて、俺の手を引っ張っていく。

別れを覚悟した仲間が今もそばにいる。

その事実に俺も思わず笑みをこぼした。

「あら、ジンさん。とても素敵な笑顔ですよ。もしかして……」

「もしかして？」

「私がいて……嬉《うれ》しかったりしますか？」

「ハハッ。……うん、そうだな。ユウリとこうしてまたおしゃべりできて嬉しいんだ」

「ふえっ⁉　ジ、ジンさん、それは私にラブ……？　いける……？　今なら押し倒せる……？」

「……？　さぁ、リビングに行こう。多分、母さんや父さんもいるはずだから」

ユウリは足を止めてブツブツと何かを呟《つぶや》いていたが、俺の声かけに反応すると一緒に階段を降りる。

「おはよ――あれ？　誰もいない……」

「本当ですね。もうお仕事に向かわれているとか……？」

「そうかもしれない。……っと、何かテーブルにあるな」

テーブルに置かれていた木板を手に取って、目を通す。

『ジンとユウリちゃんへ
父さんは母さんを連れて晩ご飯の山菜を採りに出かけてきます。
村のみんなも狩りに出かけたり、水を汲《く》みに行っています。
全員しばらく帰ってこないので安心してください。
旅仲間と楽しく騒いでも誰も聞いていないので声を我慢しなくて大丈夫だからね。
P.S.家にある食材は好きに使っていいから体力をつけときなさい。
父と母より』

こういう気遣いがいちばん心にクる……!!

記されていた文章を読めば、両親がいらない気を遣わせていたという内容だった。

変なところで村長の権力を振りかざすんじゃない。

一体なんて村のみんなに説明したんだ、うちの両親は……。

「お義父《とう》さまとお義母《かあ》さまは何と？」

ユウリが後ろから覗《のぞ》き込もうとしたので、慌てて見られないように隠す。

こんなのバレたら彼女から軽蔑の視線を送られるに決まっている。

両親がそういうシチュエーションを作り出そうとしているだなんて……！

「な、なんでもないよ。ちょっと晩ご飯の材料を調達してくるって」

「そうでしたか。言ってくだされば私たちで行きますのに」

「きっと長旅で疲れている俺たちに休んでほしかったんだよ。お言葉に甘えよう」

「……ふふっ、それもそうですね」

ほっ……どうやら納得してくれたみたいだ。

ユウリは立ち上がると、布を取り出してキュッと長い髪を後ろで一つにまとめた。

「さっ、朝ご飯にしましょう。リクエストはありますか？」

「焼いた卵とハム、野菜を挟んだパンにしよう。俺は材料を切るからユウリは卵を焼いてくれるか？」

「わかりました」

心の中で【風刃《スライス》】と唱えれば指先から放たれた風が木板を四分割する。

うん、これで証拠隠滅完了。

袖をまくり調理場に並んで、作業を始める。

トントントンと響く包丁がまな板に当たる音。

ジュー……パチパチと溶き卵が跳ねる音。

今まで気にもならなかった生活音がはっきり聞こえる静かな空間。

……うん、なんというか。

「いいよなぁ、こういう時間。気張らずにすんで」

「旅の間は意識のどこかに常に警戒がありましたもんね。ん〜っ！　気が楽です」

ちょっとしたアクションで相変わらずバルンと揺れる凶悪なそれから目をそらし、手元に集中する。

「……本当に魔王はいなくなったんだよな……実感ないや」

「ちゃ、ちゃんとジンさんをパーティーから外した理由はあるんですよ？　みんな、あなたに死んでほしくないと思ったから……」

俺が追放されたことを怒っていると勘違いしたのか、ユウリは慌てて事情を説明し出す。

「ごめんごめん、全然気にしてないから安心しな」

「も、もう〜」

頭をなでると、彼女はくすぐったそうに目を細める。

……そういえばいつもの【聖女】としての装束じゃない彼女を見るのは久しぶりだな。

普段は黒が基調のドレスを着ているが、いまは真逆の白色のエプロンを上から着用している。

貸している年季の入った母さんのエプロンも、全てを包み込む母性を持つユウリには似合っている気がした。

こんな奥さんがいたら人生に彩りが出るんだろうな……。俺には縁がないだろうけど。

「……ジ、ジンさん？」

「……っと、すまん。今のユウリの格好が新鮮で見入ってしまった」

「ふふっ、いいんですよ。いくらでも見ていただいて。今も……こ、これからも」

「確かに。楽しみが一つ増えたよ」

なんて談笑していたら、すぐに朝食が出来上がる。

保存している硬めのパンを四つに切り分けて、それぞれに具材を挟むスペースを作る。

野菜の葉、ハムを詰め込んで……と。

「こぼさないように……そっとそ～っと。……できました！」

仕上げにユウリが卵を載せれば完成だ。

飲み物をコップに注いでテーブルに運び、これまた並んで席に着く。

「「いただきます」」

「うん、美味《うま》い。シンプルなのがいちばんだよな、やっぱり」

「野菜もシャキシャキで美味《おい》しいです！」

やっぱりちょっとパンは硬いけど、これもまたアクセントだ。

食べ盛りの俺たちはパクパクと口に運んでいく。

あっという間になくなってしまった。

こんなにゆっくり食事に集中できたのも久しぶりだから、余計に美味しさを感じるのかもな。

「こうやって一息つける朝……いつぶりでしょう？」

「食べてる途中に襲撃があったり、食べてすぐ進軍したりしたっけ」

「初めの頃は慣れなくてお腹《なか》がすごいことになった苦い記憶が……」

「もうそんなことがないんだもんなぁ」

「平和っていいですねぇ」

「だなぁ……」

「こんな平和になって……ジンさんは故郷に帰ってどうするつもりだったんですか？」

「漠然とだけど……のんびり過ごそうと思ってたよ。野菜を育てて、狩りをして、たまに

ご飯を持って遠出して……。戦いから離れたから、今までできなかったことをやりたいなって」

「今までできなかったこと……」

「ああ。ユウリは何かしたいこととかある？」

「子作りを」

「え？」

「ゴホンっ！　ごめんなさい、舌を嚙《か》んじゃって……えへっ」

ユウリは恥ずかしそうにペロリと舌を出す。

ははは、そうだよな。

あのユウリが朝っぱらから「子作り」なんて言うわけない。

まだ頭をぶつけた影響が残ってんのかな……？

「話を戻しますけど、私は……それこそ今みたいにゆっくり落ち着いて将来について語れたらなんて……素敵な時間だと思いませんか？」

「ああ。俺も……望んでいいなら、これからもずっとこんな時間を過ごしたい」

「――っ！」

「それこそさっきも……ユウリと結婚したら、こんな朝を一緒に過ごせるのかなって考えてしまったんだ」

「――っっっ!?!?」

ユウリの顔が真っ赤に染まる。耳の端まで赤みを帯びている。

し、しまった……。リュシカの告白のせいもあって変なことを意識してしまった……。

いきなり俺なんかにこんなこと言われたら気持ち悪いよな。

自分を卑下しないとは言ったけど、これは流石《さすが》に謝らなければならない。

「ご、ごめん！　変なこと言ってしまった……！」

「ジ、ジンさんってば……まだ寝ぼけちゃってるんですか？」

「本当にごめん。ちょっと顔洗って――」

「――私たちもう新婚なんですから、これからいくらでも過ごせますよ」

そうそう、俺とユウリはもう結婚しているから好き放題――

「――ちょっと待って」

身に覚えがない突飛な結婚話。

あれ？　この流れ、最近経験したことある。

ま、まさかな……？

「あの日のこと……一時でも忘れたことはありません。ジンさんがくれた……熱いプロポーズの言葉を……!!」

やっぱりまた何かやってる、過去の俺ー!?

「…………」

うっとりと熱のこもった視線が突き刺さる。

笑顔で対応しているが、胸の内では叫び声を連発していた。

ま、まだだ。慌てるな、ジン・ガイスト。

もしかしたら複雑に事情が絡み合ってユウリは勘違いしているかもしれない。

あくまで冷静に、性急に決断をせず、彼女の話を聞こう。

「ジンさんは言ってくださいました。『ユウリが苦しい時、折れそうな時、そばで支えてあげたい』と」

ダメだ、もう詰んでる……!

ちゃんと記憶に残ってます、その日の記憶!

あ、あれ……? でも、これってプロポーズになるのか?

親しい人をそばで支えてあげたいって思うのは普通のことなんじゃ……?

「……そうですよね。やっぱりちゃんと私の気持ちも言葉にしなければいけませんよね」

俺の反応が芳《かんば》しくなかったのを察してか、彼女はこちらに向き直る。

その表情は完全に恋する乙女《おとめ》のもの。

流石の俺でもわかる。今からユウリが告げようとする言葉が。

「愛しています。私もジンさんと支えて、支えられて……いつまでも寄り添い合える夫婦として、あなたと生きていきたいです」

まっすぐ放たれた純粋な想《おも》いは心に届き、温かく包んでくれる。

こんなにも可愛《かわい》い子に好きと言われて嬉しくない男がいるだろうか。

「ユウリ……」

今までずっと一緒に旅をしてきて、初めて目にした彼女の表情。

冗談でも、からかうでもない。

だからこそ、俺の心臓はバクバクと激しい動悸《どうき》に襲われていた。

リュシカにもプロポーズしたことになっているし、これって普通に二股じゃねぇか!!

いや、正直に言おう。欲に従うなら、二人とも結婚したい!

でも、重婚は貴族にしか許されていない。二人を妻として迎えるには、俺が貴族にな、な、なるしかないのだ。

つまり、平民の俺はリュシカとユウリのどちらかを選ばなければならないということ。

……情けないが、今ここで即答することは……。

「多分、リュシカさんにも告白されたんですよね」

「……俺ってそんなにわかりやすいか」

自虐的な苦笑が思わず出てくる。

ふるふるとユウリは首を左右に振った。

「わかりますよ。だって、好きな人のことだもん」

そう言って【聖女】の名に恥じない、赤子も即座に泣《な》き止《や》んでしまうような柔らかい笑みを浮かべる。

「三年間ずっと見ていたから。あなたが優しい人だと知っているから、きっと悩んでいるんだろうなって」

「……そっか。全部お見通しか」

「きっとレキちゃんとリュシカさんも帰ってきたら、私が告白したって気づくと思いますよ。二人とも同じくらいジンさんが大切ですから」

彼女の小さな手が俺の手に触れる。ほんの少し冷たい。

手が重なって、探るように指をなでて、ぎゅっと指先が握られる。

「でも、だからこそ、この気持ちだけは譲れない」

そして、ぐいっと引っ張られた。

唐突だったせいでバランスを崩した俺はそのまま前のめりに倒れて、彼女の豊満な胸に捕まる。

重力にあらがえず、その柔らかさに顔が沈み込んでいく。

「ユ、ユウリ⁉」

「聞こえますか？　私の心音。すごくドキドキしています」

わかりません……！

俺の心臓の音がうるさすぎて、どっちの音か判別つきません！

「ねぇ、ジンさん。今は二人きりで誰も来ない。村の皆さんも気を遣ってくださって……こんなチャンスは滅多《めった》に訪れないと思うんです」

あっ、書き置きの中身がしっかりと見られてる。

「私……ジンさんが思っているほど良い子じゃありませんから。ジンさんに選んでもらえるように……」

そっと俺の頭をさすり、彼女の指はそのまま下って首筋をつぅっとなでた。

ふぅぅ……と耳元に息が吹きかけられる。

「私がいないと生きていけなくなるくらい、ドロドロに溶かしちゃいますね」

しゅるりと布がこすれる音が聞こえる。

えっえっえっ!?　何してるんだ、ユウリ!?

くそっ！　視界がおっぱいで塞がれているせいで何も見えない！

やばいやばいやばい！　離れないといけないのに、男としての本能が全く従ってくれねえ！

「大丈夫ですよ、ジンさん。私に身を委ねて――」

「ただいま」

「――きゃあっ!?」

「うぉおうっ!?」

二人の世界に入りかけていた俺たちだったが、突然割り込んできた声に思わず互いの体を押しのけて、とっさに距離を取った。

声のする方を見やれば、レキが怪訝《けげん》そうな視線をこちらに向けている。

た、助かった……！

ありがとう、レキ。

俺は答えを出さないまま肉欲に溺れる最低の男にならなくて済んだよ……！

とりあえずは最悪の結果を避けられて、胸をなで下ろす。

「……二人とも何してたの？」

「べ、別に？　俺がこけそうになって、ユウリが支えてくれたんだよ」

「……ふぅん。怪しい……けど、許してあげる。私は度量の大きい奥さんだから」

「ははっ、ありがと……奥さん？」

「うん」

「誰が？」

「私が。ジンの奥さん」

流れについていけない俺を放置して、レキは言葉を続ける。

「ジン、私たちの結婚式場、決まったよ」

——三股確定。

レキ、お前もか……！

ピースサインを作る幼馴染《おさななじみ》の姿に俺はもうダラダラと滝のように流れる冷や汗を止めることはできなかった。

「どうしたの、ジン。なんかすごい汗。熱……？」

「い、いや、違うぞ。いきなりレキが現れて驚いただけだから」

「おー。サプライズ成功。ピースピース」

無表情でぴょんぴょんと跳ねるレキ。

あれは喜んでいる。その様子は微笑《ほほえ》ましいが、この状況はとても笑っていられない。

『知らぬ間に　三股決めた　クズ男』

そんな最低な一句が読めてしまう状況になった俺の脳はメーターを振り切りすぎて、逆に冷静になってきたな……。

だから、この足の震えも武者震いだし、止めどなく流れる汗も代謝がいいだけ。

決して自分の置かれた立場におびえているんじゃない。

流石の俺でもそろそろ理解できている。

絶対過去の俺が何かをやらかしている、と。

ひとまず、レキが奥さん気分なことには触れないでおこう。

それよりも結婚式場の方が気になった。

俺のあずかり知らぬところで他の人たちも巻き込んでいる可能性がある。

「わかった。詳しい話を聞こう。とりあえず腰を落ち着けて、一つずつ話そう」

そう言って俺は椅子に腰掛ける。

さも当然のごとく、俺の両隣に陣取る二人。

視界の前方には無人の部屋が広がっている。

「……そうはならねぇだろっ!!」

もうツッコミを我慢できなかった。

「奥さんが旦那様の隣に座るのは普通」

「奥さんでもこういう時は向かい合って話すものなの！　挟まれながらとか話しにくいわ！」

「では、レキさんはあちら側に移動してきちんと説明してください」

「嫌。代わりにユウリがやって」

「無茶《むちゃ》振りにもほどがありませんか？」

「大丈夫。私はユウリを信じている」

「もっと違う場面で言ってほしかったですねぇ、それ！」

一向に話が進まない……。

あと、俺を挟んで言い合いするのやめてほしい……すごく肩身が狭いから。

しびれを切らした俺は立ち上がると、反対側に席を移す。

「はい、二人とも腰を浮かせない。そこで仲良く並んで座るように」

すぐ席替えをしようとした彼女たちを牽制《けんせい》すれば、渋々といった様子で二人は着席した。

「……それで、俺との結婚式場を決めてきたんだったか」

「そう。きっとジンも喜んでくれると思う」

「そっか。じゃあ、どこか聞いてもいいか？」

「王城」

「……オウジョー？　聞いたことない地名だなぁ」

「違う、王都の城」

「勘違いじゃなかった、畜生！」

ピースサインを作る二本指をパカパカと開閉するレキ。

対して、俺はテーブルに突っ伏して、幼馴染のぶっ飛びぶりに叫ぶ。

「ちゃんと国王にも認めさせてきた」

レキはごそごそとポケットを漁《あさ》り、折りたたまれた紙をテーブルに広げる。

大きな文字でエルデンタータ城の使用許可証と記されているのを見て、持ち上げた顔を再び落とす。

「なんで……なんで王城なんかに……国王様も何で認めてるんだよぉ……」

「私たちの幸せをいろんな人にも分けてあげようと思って」

「そっか……偉いな……」

「これで私たち夫婦は国家公認」

俺とレキでは考え方のスケールが違うことを思い知らされた。

レキは【勇者】として各地にその名が広がっており、魔王を倒した英雄として祝福してくれる人も多いだろう。熱狂的なファンたちも駆けつけるはずだ。

相手が俺と知られた時、石を投げつけられないか心配になってきたな……。

――待て。

レキと結婚する方向性で話は進んでいるが、ユウリにとっては面白くない話なのでは？

俺は慌てて姿勢を正し、先ほど告白してくれた少女を見る。

「……？　私の顔に何かついていますか？」

しかし、怒った様子などは一つもない。

それどころかレキと一緒にいいですね～とのんびり話してすらいる。

あれ……？　俺の思い違いなのか……？

もっとこう……修羅場になるのかと思っていたんだが……。

「ところでレキちゃん。ちゃんと私が言ったことも守ってきましたか？」

「もちろん。リュシカが王城に残って、手続きをしている」

「それはよかった。みんなが幸せになるためには必要不可欠ですからね」

「うん。必ずジンを貴族をする」

その瞬間、頭が真っ白になった。

……え？　俺が貴族？　どういうことだ……？

「ユ、ユウリ？　説明してくれないか？　何が何だか……」

「実は魔王を討伐した報酬の一つとして『ジンさんを貴族にしてほしい』と要求しましたっ」

そう言って、パチンとウインクする姿は様になっていた。

可愛《かわい》い……って、そうじゃなくて！

「ふふっ、前々から考えてはいたんです。もし私たち全員がジンさんを好きだった場合、どうしようかなと」

「私たちが本気で争えば魔王軍の襲撃よりも甚大な被害が出る」

「本当ならば私一人で独占したいですよ？　もちろんジンさんに選んでもらえる自信だってありました。でも……」

「ジンのそばにいられない人生なんて考えられない。だから、三人で昨晩話し合った」

「そこで提案したのがジンさんを貴族にする作戦。ジンさんが貴族になれば、重婚は問題ありませんから！」

「これで私たちの結婚を妨げるものは何もない」

話はこれで終わりと言わんばかりに二人は俺のそばににじり寄り、両腕をがっちりと抱きしめる。

目と鼻の先の距離まで綺麗《きれい》な顔が近づいて、二人は笑顔でこう告げた。

「というわけで」

「もう逃げられないから覚悟して」

「「旦那様」」

可愛い女の子。それも複数人から言い寄られる。

男なら誰もが一度は夢見るシチュエーションなのに、どうして俺の頬《ほお》はひくついているのだろう。

もう逃げられない。全員の愛を受け止めるしか道は残されていない。

それも相手は国民的英雄ばかり。

自身の未来を悟った俺はひどくなり始めた胃痛に頭を悩ませるのであった。

◇　◇　◇　◇

一方、王城では。

「くそっ……レキの奴《やつ》め。頭を使う作業はできないからと押しつけていくなんて……」

「……ワシは早朝に叩《たた》き起こされて、寝巻きのまま業務させられているんだが？」

「口より手を動かせ。私がいない間に三人の仲が進展してしまうだろうが……！」

「ワシ、国王よな？　え、雑用？　お前らといると、いつも気が狂いそうになる……」

「結婚……！　これが終わったら、ついにジンと結婚……！」

「ジンを連れてきてくれ……！　あやつが、あやつだけが勇者パーティーでワシに優しいから……!!」

積まれた書類の山を鬼のような形相で片すリュシカの欲望を前に、執務室には国王の嘆きがむなしく響いていた。

「懐かしい……子供の頃に戻った気分」

場所は移って、俺の部屋。

レキと隣り合って、ベッドに腰掛けている。

ユウリはもう話したいことは終わったからと父さんたちを呼びに森に向かった。

初めはついていこうと思ったが

「ジンさんはレキちゃんの相手をしてあげてくださいね？　あっ、相手といってもベッドの上での相手という意味じゃなくて……」

と、本人が言っていたので問題ないだろう。

後半部分は脳が受け入れを拒否したので、あまり覚えていない。

「ユウリは根は優しいから好き。憎めない」

「そうだな」

「料理も上手《じょうず》だし、勉強も教えてくれた」

「そうだな」

「あと、おっぱいも私より大きい」

「そうだ……急に同意しづらいこと言うのやめてくれる?」

「でも、ジンへの想《おも》いでは負けていない」

レキは腕を広げて、後ろ向きにベッドへ倒れ込む。

ポンポンとベッドを叩かれ、俺も彼女の後に追随する。

安物のベッドだ。ぎしりと軋《きし》んで、背中も少し痛い。

だけど、こうして隣にレキがいる光景がすごく懐かしくて、心地好い。

「昔は一緒によく寝た。懐かしい」

「同じことを考えてたよ。夜中レキがトイレについてきてって起こしに来てさ、終わったらこっちに潜り込んできたよな」

「ん。ジンと一緒に寝ると暖かいから」

「お前はな。最初はべったりくっついてくるくせに寝たら寝相悪すぎて、いつも俺から布団奪ってたんだぞ~」

ピンと指で額を軽くはじく。けれど、レキは瞬《まばた》き一つもしない。

「ふっふっふ。私はもうそんな軽いダメージは効かない体になったのだ」

「【勇者】の加護は強いなぁ、ほんと。もう俺じゃ敵《かな》わないかもな」

「当然。もうジンよりも力も強い。ジンなんて小指で倒せる。昔みたいに腕相撲でもする？」

「ははっ、そういう挑発には乗らないぞ」

「逃げるんだ？　ビビリになったね、ジン」

「……ビビリじゃなくて戦略的撤退」

「弱虫。雑魚《ざこ》。私の小指以下」

「…………」

「あーあ、負けるのが怖いから舞台にも上がってこないチキンになったの？　格好悪い」

「やってやらぁ!!」

「……ユウリに教えてもらったとおりだ……」

何をブツブツと言っているのか、よく聞き取れないがそんなことはどうでもいい。

こんなに馬鹿にされて退《ひ》いたら男の恥。

俺にだって最低限のプライドくらいある。

「軽くひねってやる。小指と言わず、全部でかかってこい！」

「いいの？　本当に怪我《けが》するよ？」

「小指でかかってこい！」

そして、その最低限のプライドはいま砕け散った。

「うん、それじゃあ」

レキの小指をぎゅっと摑《つか》む。

握れば隠れてしまうほどに小さく、細い指。

普通ならいたいけな少女をいじめる男の図にしか映らない。

だが、相手は【勇者】のレキ。最初から全力で挑む……！

「ジンのタイミングでいい」

「わかった——いくぞ！」

間髪入れず、腕に全体重を乗っけて彼女の腕を倒そうと動かす。

力こぶが隆起し、腕に血管が浮き上がる。

間違いなく今の俺の全力を込めた一撃。

けれど、レキは一ミリたりとも微動だにしていなかった。

「ふふっ、一生懸命で可愛い」

レキがそう笑った瞬間、視界が一八〇度回転する。

「……え？」

「はい、私の勝ち」

気がつけば仰向《あおむ》けにベッドの上に倒れていた。

楽しげに笑ったレキがポンと俺の下腹部に乗っている。

「……完敗だ。あー、こうして事実として突きつけられると辛《つら》い」

「力勝負なら、こうなる。でも、戦いは力だけで決まらないから自信なくさなくていい」

レキはポンポンと俺の頭をなでる。

まるで昔、俺がレキにやってやったように。

……もう彼女は俺に守られるだけの存在じゃないんだと改めて認識させられた。

「とはいえ、負けは負け。ジンには罰ゲームとして尋問を受けてもらう」

「……え？」

呆《ほう》ける俺をおいて、レキはそのまま逃がさないとばかりに俺の顔を挟むように両手をベッドにつく。

翠《みどり》の瞳がまっすぐこちらを射貫《いぬ》いていた。

「ジン。どうして私と一緒に寝てくれなくなったの？　旅の途中までは横で寝てくれてたのに」

「えっ⁉」

すごい声が出てしまった。

そんなの決まっている。レキの体が無事に女の子らしく成長して、いろんな感覚に我慢できなくなったからだ。

俺は性欲が消え去った聖人君子では決してない。

寝る時まで密着されては精神衛生上、互いのためにならないと思ったから就寝場所を別々にすることを決めた。

……とまぁ、そんな恥ずかしい事情をバカ正直に話せるはずがなく。

「そ、それは……レキも良い年齢になっただろう？　俺と一緒に寝ているところをユウリたちに見られたら恥ずかしいだろうと思ってだな」

「別に恥ずかしくない。だから、今日から一緒に寝よ」

「他にもほら！　やっぱり同じベッドに年頃の男女が一緒ってのは……な？　男の俺がいつレキを襲うかわからないし……」

「つまり、ジンは私を女として意識しているということ？」

「そ、そういうわけじゃ……」

「なら、問題ない。やっぱり今晩から一緒に寝る」

「すみません。レキがだんだん成長して可愛《かわい》く思えて、危ないと思ったので遠ざけました。

許してください」

顔の前で手を合わせて謝罪のポーズを取る。

なんで……なんで俺は自分の性癖を自白させられているんだ……？

これじゃあ半ばレキをそういう目で見ていると言っているようなもんだ。

自分に結婚を申し込んできている女の子相手に俺は何をして……あれ？　これってもしかして問題ない……？

「うん、いいよ」

そんな俺の考えを肯定するように許しを出してくれるレキ。

よかった……嫌われなかった……。

恐れていた最悪の事態にならず、ホッと安堵《あんど》の息を漏らす。

「レキ、ありがっ……!?」

だけど、その安心も一瞬で。

言葉を遮るように唇を塞がれた。

柔らかな感触が触れ合って、呼吸を忘れるくらいに重ね合う。

「……やっと、やっとだ。妹じゃなくて、異性として見ているって明言してくれたの」

言葉を失う俺をよそに顔を上げたレキは満足気な表情で自身の唇を指でなぞる。

「やっと妹を卒業できたんだ。嬉《うれ》しい。これでジンの後ろじゃなくて、隣に立てる。力的にも、精神的にも、立場的にも。それがわかったから——だから、今はこれで許してあげる」

そう言って微笑《ほほえ》むレキの笑顔は、今までいちばん綺麗《きれい》に思えた。

◇◇◇◇◇

告白を受け、体が火照《ほて》った俺たちは飲み物を求めてまた居間へと戻ってきていた。

互いに一瞬で飲み干し、置かれたコップは空。

カチカチと秒針が時を刻む音が鳴る。

普段は気にならないそれがやけに大きく聞こえるのは静かな空気に包まれているからだ。

「「…………」」

一言で言い表すなら、すごい気まずかった。

だけど、嫌な居心地ではなくて。

こう……初めてキスしたことで照れと恥ずかしさと喜びが入り交じって、なんとも言えない気持ちになっているのだ。

「…………っ」

そっとレキを見やれば、向こうもこちらの様子をうかがっていたのか目と目が合い、即座に顔を背ける。

先ほどキスした際は大人の雰囲気を漂わせていた彼女だったが、やはりまだ精神面は成熟しきっていない。

レキが背伸びして頑張っていたんだとわかると可愛く思えるし、その事実が嬉しくもある。

いつもは表情の変化に乏しい彼女だが、きっといま胸の内では様々な感情が暴れているのだろう。

俺でさえまだ落とし込めていないのだから、レキは仕方ない。

だから、彼女が慣れてくるまで待っておこうと思って特にアクションを起こすわけでもなく、ゆっくりとしていた。

「ただいま戻りました～……あれ？　もしかして一線越えました？」

「疲れた～。ジン、慰め……え？　なにこの空気？」

二人が同時に帰ってきて、俺たちの様子を見るなり怪訝《けげん》な表情を作る。

緊張で固まっているレキに代わって、俺が説明することにした。

「ははっ……まぁ、ユウリやリュシカと同じってことだよ」

「あぁ、なるほど〜。レキちゃんも年相応なところがあったんですね〜」

「私がいない間に……でも、頑張ったじゃないか、乙女《おとめ》なレキさん？」

「うぅ……」

二人はレキの髪の毛をわしゃわしゃとなでている。

レキは抵抗もせずに頰《ほお》を赤くしてうつむくばかりだ。

うつむきすぎて額がテーブルにめり込んでいる。

やばいやばいやばい、ミシミシいってるって……！

「うぅ……っ⁉」

「あっ」

「レキちゃん⁉」

バキンと大きな破砕音と共にテーブルが真っ二つに割れた。

レキの頭は床にめり込み、ユウリは唖然《あぜん》としている。

「ハッハッハ。【勇者】の力を暴走させてしまったようだね」

最近は見かけなくなったが、昔はよく力加減が上手《うま》くいかずに物を壊してしまっていた。

おそらく、リュシカとユウリにからかわれた恥ずかしさが勝ってしまったのだろう。

「うぐっ……思ったよりも深くはまっていて抜けません……！」

「ははっ、ユウリは力がないからな。俺がやるよ。レキ、ちょっとだけ我慢してくれるか？」

「ジンはダメ！」

「え、なんで？」

「……素足に触れられるのは、なんだか恥ずかしい……」

キスの方が恥ずかしくない？　と言う奴《やつ》は乙女心を全くわかっていないバカだ。

あれはやっぱり勇気を振り絞って、彼女の長年を想《おも》いをダイレクトに伝えてくれたのだろう。

確かに今までのレキの言葉なら無視しただろうが、彼女の気持ちを知ってしまったからには無下にはできない。

……となれば、対処できるのはレアなレキの姿を見られて上機嫌なリュシカだけ。

「いやぁ、あんなに張り切っていたレキもやっぱり子供というわけか。うんうん、初々しくて良いじゃないか」

「ジン好き好き歴三年以下の雑魚《クソ》リュシカは私の気持ちがわからない。黙ってて」

「頭だけ床に埋まっている状態で言っても全く怖くないぞ。いいのか？　そのままにしておいてもいいんだぞ？」

「その場合、暴走状態の私が力尽くで無理矢理《むりやり》自力で抜ける。——家が倒壊してもいいの？　未来のお義父《とう》さんとお義母《かあ》さんが悲しむけど？」

「脅迫の仕方が新しすぎやしないかい？」

レキの斬新な脅しに、リュシカは一つ息を吐いて、小さな木の杖《つえ》を取り出した。

「そう怒るな。ほら、テーブルも直してあげるから」

「……うん、お願い」

ふぅ……これで一件落着か。

後はこの現場を誰にも見られずに済んだら完璧……だったんだが。

「ただいま！　はっはっは、今日は宴《うたげ》だからな！　お父さん、張り切っちゃったよ！」

「いや〜、まさかジンがお嫁さんを三人も連れて帰ってくるだなんて、お母さん嬉し——修羅場？」

気分よさげに帰ってきた両親から笑顔が消える。

この惨状を目の当たりにすれば、そう勘違いしても仕方ない。

床に突き刺さったレキ。杖を持ってレキに近づいているリュシカ。息を荒くして座り込んでいるユウリ。

だがしかし、俺たちの仲はきわめて良好だ。

「すみません、お義父さま、お義母さま。少々騒がしくしております。すぐに片がつくので家の外でお待ちいただけますか？」

違う、リュシカ！　いや説明的には違わないんだけど……！

言葉が足りてなくて『片がつく』が『レキを始末する』の意味に聞こえてるから！

「も、もしかして、三人とも仲が良くなかったり……？」

「いいえ、苦楽をともにしてきた仲ですから、とっても仲良しです！　ね、レキちゃん？　リュシカさん？」

「うん。二人は代えのいない世界で大切な友達」

そう言ってレキは唯一自由に動く足を広げて、二人の前に差し出す。

意図を察したのか、レキとリュシカは握手するように足を握った。

仲良しアピールでもそうはならなくない……？

いや、これは逆に仲良しに映るのか……？

「そうなのねぇ。レキちゃんも新しい友達ができて良かったわねぇ」

「そうかそうか。それなら安心したよ」

「うん、おばさん、おじさん」

どうやらセーフらしい。

実親から雑に扱われてきたレキは、我が家で実の娘のように育てられてきた。

そのおかげで親バカ補正が入って助かった……。

「あっ、もうお義母さん、お義父さんって呼んだ方がいい？」

「どっちでもいいわよ〜。レキちゃんも本当にジンのお嫁さんになるのね……おばさん、なんだか嬉しいわ」

「レキちゃんだけではありませんわ、お義母さま」

「私たちもジンの妻として精一杯努めさせていただきます」

「ふふっ、そうだっだわね。でも、ジンは一人としか結婚できないと思うのだけど……大丈夫なのかしら」

「もちろん、そちらについての問題は解消済みです。あとでお二方にも説明させていただきます」

「あらあら、頼もしい」

「全員きれいで、賢くて、頼りになる……うちの倅《せがれ》にはもったいない子たちばかりだ。捨てられるんじゃないぞぉ、ジン」

「みなさん、私たちの息子をよろしくお願いいたしますね」

「安心して。私たちがジンを見捨てるわけがないから」

「もちろんです！　早くお義母さまたちに孫の顔をお見せできるように頑張りますねっ！」

「長命のエルフの身ですが、私の人生において伴侶にするのは彼だけと誓いましょう」

ハッハッハと俺以外の笑い声が響く。

……とりあえずレキを床から抜いてから話さない？

そんなことを言い出せない雰囲気のまま、両親への挨拶が終了した。

◇　◇　◇　◇

両親への挨拶も終わり、国王への魔王討伐報告も完了。

現状、やるべきことは全て終わった。

……いや、俺にはまだ一つやり残している大切な役割があるか。

とにかく堅苦しい業務はもうないのだ。

となれば、こんなめでたい日を祝わない理由がない。

「息子のジンとレキちゃん、ユウリちゃん、リュシカちゃんの結婚とジン・ガイスト男爵の誕生！　そして、憎き魔王討伐を祝って――かんぱ～いっ!!」

「「「かんぱ～いっ!!」」」

父さんの号令を皮切りに村のみんなが酒の入ったコップを掲げた。

こんなにも賑《にぎ》やかな故郷は見た覚えがない。

テーブルには色とりどりのサラダにこんがり焼けた鳥の丸焼き、スパイスのきいた鉄串焼き、山菜を炒《いた》めたもの……。様々な料理が所狭しと並んでいる。

酒は高級品だし、香辛料だって安い品物じゃない。

けれど、こんなに豪勢になっているのは俺たちが王都で買い込んできたからだ。

リュシカの魔法があれば移動は一瞬。

ならば、せっかくの宴をより良い思い出にしたいとパーティー全員の意見が一致するのは当然の帰結だった。

ちなみに、あの後の両親への説明はというと――

「国王に内々に認可をいただきましたので近い将来、ジンには男爵位とこの村を中心とした領地が与えられ、今後は貴族扱いになります」

「魔王を討伐したパーティーの一員として活躍した実績を考えれば妥当なところです。領地も周囲を森に囲まれた交通の便も乏しい場所。反発も少ないでしょう」

「私たちもいる。他の貴族もうかつには手を出せない」

「ですから、安心して村長の役目は彼に引き継いでもらって」

「息子さんを私たちにください」

「いぇーい」

——という感じで、話はまとまった。

なんとも頼もしいお嫁さんたちである。

……そう。頼もしすぎて、ここまで俺は流れに身を任せていた。

「……どうしたの、ジン？　お腹《なか》痛い？」

「いや、そうじゃないよ」

「じゃあ、これ食べる？　美味《おい》しい」

両手に持っていた串焼きの片方を差し出してくれるレキ。

「お酒に酔ってしまいましたか？　私が介抱しますよ」

心配そうに俺の背中をゆっくりとさすってくれるユウリ。

「無理をしてはいけないぞ。薬なら以前調合したものがある。飲めるか？」

キリッと引き締まった表情に戻り、水と調合薬を取り出してくれるリュシカ。

みんながそれぞれ魅力的で、三年一緒にいても飽きないくらい個性的で、いつまでもそばにいたいと思える素敵な女の子たち。

そんな彼女たちに求められたら返事なんか決まっている。

受け入れるの一択だ。

あれだけの「好き」をぶつけられて心揺さぶられない男がいるだろうか。

俺も漢《おとこ》を見せなければならない。

「いいや、そうじゃないんだ。……みんな、ついてきてくれるか？」

そう言うと、三人は嫌な顔ひとつせず、何も聞かずに従ってくれた。

喧噪《けんそう》から離れて、俺の部屋へ。

座ってくれと手でジェスチャーすると、みんなはベッドの上に腰を下ろす。

「……で？　私たちを呼んだ用件はなんだい、ジン？」

話の口火を切ってくれたのはリュシカだった。

彼女はおそらく察しているのだろう。昨晩に気絶する前、彼女にだけは誤解であると伝えていたから。

……ここまで進んだからには、もう覚悟を決めないといけない。

レキを一人にさせまいと死をも覚悟して、一緒に旅に出る決意をしたあの日と同じ。

今日は新たな俺の人生の門出だ。

パンと両頬を叩《たた》き、気合いを注入する。

「まず、一つ謝らせてほしい。……ユウリが語ってくれた俺からのプロポーズの言葉……

そこに異性的な好意の意味は含まれていないんだ」

そう告げるとユウリはきょとんとした表情を浮かべている。

「レキに関しても……思い出したよ。討伐前に言っていた約束って、小さい頃にした結婚についてだったんだよな……ごめん。あの時、俺はレキがここまで想《おも》ってくれていると知らないまま、言葉を返したんだ」

レキもまたユウリと似たような反応を示す。

これは怒りか？　それとも悲しみか？

どんな罵倒でも受け入れよう。

ちゃんと自分の想いを伝えられた後なら。

「だけど、戦いが終わって今までと違う立場でみんなと接して……三人を異性として意識し始めた。一緒に食卓を囲んで笑い合ったり、思い出を共有したり、俺たちパーティーで死ぬまで過ごせたらとずっと思っていたんだ……！」

額を床につけて、できる限りの誠意を見せる。

「絶対に幸せにしてみせるから……本当に優劣がつけられないくらいレキもユウリもリュシカも大切なんだ！　だから、こんな俺でも良かったら……結婚してください!!」

言い切った……。

ずっと彼女たちからの好きはもらっていたけれど、俺はそれに対して返事をろくにできていなかった。

きっとこのままそこに触れずに結婚式を迎えても三人とも許してくれるのだろう。

だけど、それは狡《ずる》い。レキ、ユウリ、リュシカの気持ちから逃げる一手だ。

だから、こうして俺は自分の気持ちを三人に伝えようと行動に移したのだ。

「………」

叫んだ後だから、静寂が余計に重くのしかかる。

そんな重苦しい空気を破ったのは、三人の堪《こら》えきれないといった感じに漏れ出た笑い声だった。

……え？　あれ？

「な、なんで笑ってるんだ、二人とも？　俺は酷《ひど》いことをして……」

「あはは、ごめんなさい！　だって、ジンさんがとっても真剣だから何だと思ったら……」

「そんなのとっくに気づいてる。ジン好き好き歴十年を舐《な》めないで」

「それに私も教えておいたしね。告白する前に注意だよって」

レキはベッドから降りるとしゃがみ込み、ツンと俺の額を指で押す。

「……確かに約束を忘れてたのは酷い。減点」

「うっ……面目ないです」

「よろしい。……でも、それを差し引いてもジンは私の中で百点満点。ずっと暮らせてきた『好き』が、これくらいで冷めるわけがない」

ニコリと笑ったレキはぎゅっと俺の頭を抱きしめる。

「この村を出ることになった時、ジンがついていくと言ってくれて私、とても嬉《うれ》しかった。私の心にぬくもりをずっと注ぎ込んでくれたのはあなたなんだよ、ジン」

「私もです。ジンさんの言葉が私の心を深い海底から救い出してくれた。この事実には変わりありません」

レキだけじゃない。ユウリもまた【聖女】の名にふさわしい微笑《ほほえ》みを浮かべて、俺の頭をなでてくれた。

「だから、返事はあなたを好きになった日から決まっているのさ」

最後にリュシカが前へ進むために、うつむくのではなく顔を上へと向かせてくれた。

「「「はい、喜んで」」」

「……ありがとう……ありがとう……！」

こんな俺を受け入れてくれた感謝を。

これから俺の人生は、俺を愛してくれる人たちのために使おうと誓う。

笑顔でくれた彼女たちの返事に俺は涙を流しながら、ありがとうを言い続けた。

「ジンの涙で服べちゃべちゃ」

「す、すまん……！　新しいの買ってやるから……！」

「ふふっ。ジンさんの泣いているところを初めて見ました」

「どんなに辛《つら》い状況でも弱音を吐かなかったのがジンだったからね。貴重な一面を見せてくれたのも、また愛の証《あかし》なのかな？」

「……感激したら泣いたりするだろ、普通」

「あ、すねてる。珍しい」

「ハッハッハ。これ以上からかうともっとすねそうだから話題を変えようか」

いちばん大人のリュシカがフォローを入れてくれる。

それに乗っかったのもまた他人の感情に敏感なユウリだった。

「でも、本当にやるんですね〜、王城で結婚式！　私、実は憧れがあったんです！」

「私もまさか白無垢《しろむく》に身を包めるなんて……故郷で天変地異が起こるとか言われているかもしれないね」

「私はずっとジンと結婚する気満々だったもん」

「ははっ、俺もだんだん楽しみになってきたよ」

たくさんの人たちに祝福されて、王城に敷かれたバージンロードを歩む。

スーツなんて着たことないから似合うか心配だな。

ちゃんとそれまでに体型を維持しておかないと。

みんなもそれぞれで衣装を選ぶらしく、華やかさに目も幸せになりそうだ。

そういえば……。

「入場する順番はどうするんだ？　あまり前例がないから自由に決められると思うんだけど……」

隣に並ぶ人物を思い浮かべようとして、思いついたことをついポロリと口から出してしまう。

すると、みんながクスクスと笑みを漏らした。

「ジンも面白い冗談を言う」

「ここまでの功績を考えれば一択じゃないですか」

「そうだよ、ジン。衆目を集める中、誰があなたの隣にふさわしいかなんて考えるまでもないことさ」

「私に決まってる」

「私に決まっています」

「私に決まっているじゃないか」

「「「…………」」」

「「「……あ？」」」

へぇ……。女の子って本当に譲れないものがある時、こんな怖い顔するんだ。

新たな学びを得た俺は喧嘩《けんか》を止めるため、満身創痍《まんしんそうい》になるのを覚悟で魔法を唱え出す三人の間に飛び込んだ。

Life Sub-1

「ふふっ、可愛《かわい》いですね。ジンさん」

ベッドで眠るジンの髪をユウリがなでる。

包帯が全身に巻かれているが永眠しているわけじゃない。

少し魔法に巻き込まれて怪我《けが》を負ってしまっただけだ。

完治したあとに【回復魔法】が得意じゃないレキが自分も仕事をすると包帯を巻きまくった結果、顔以外がぐるぐるになったジンが出来上がった。

私たちの喧嘩を命がけで止めた勇敢な彼はスヤスヤと寝息を立てていた。

「ああ、普段は凛々《りり》しいのに寝ている時は子供みたいだ」

「ええ、本当に子供みたいで……子供……」

「ん？　どうかしたか？」

「急に母性が湧き上がってきました。おっぱいあげた方がいいんでしょうか？」

「お前って年中発情しているのか？」

世界を救ってからの仲間のはっちゃけぶりに頭を悩ませる。

ユウリの見た目は十人が見れば十人とも清楚可憐《せいそかれん》な女の子だと答えるだろう。

毛先の端々まで美しいし、透き通る瞳は同じ女でさえ魅了される。

にもかかわらず、口を開けばこれだ。

女神様はユウリのどこに惹《ひ》かれて【聖女】の加護を授けたのか、ぜひとも聞いてみたいところではある。

「失礼な。ジンさん限定です」

「年中発情確定させるのやめてくれないかい？　ジンとは三年間一緒だったんだから」

「まぁ、このあふれる母性は今度バブみプレイで発散するとして……」

「教会に帰ってお前は一回清められてこい、発情魔」

……おっと、いけない。

つい汚い言葉を吐いてしまった。

ジンの前では到底言えない。引かれてしまうからね、気をつけないと。

「ん。二人とも何の話してたの？」

ユウリと舌戦を繰り広げていると、お花摘みに行っていたレキが戻ってくる。

「ああ、ユウリが変態というのを少し」

「なんだ、そんなこと」

「レキちゃんも大概ですよね、私への反応」

心外とばかりにユウリが頰《ほお》を膨らませる。

今さら可愛らしさを取り戻そうとしてももう遅い。

そもそもジンが見ていないところであざとさを出しても意味がないだろうに。

「はぁ……。だって、仕方がないじゃないですか。昔から大人たちのゲテモノ濃厚プレイの懺悔《ざんげ》を受けていたんですから。性癖が歪《ゆが》むのも当然です」

「そんな悲しきモンスターの誕生秘話みたいに語られても……」

「全く心に刺さらない」

「もう！　酷い人たちですね！　私を慰めてくれるのはやっぱりジンさんだぐえっ……！」

「そうはさせない」

流れに乗ってジンに抱きつこうとしたユウリの首根っこを捕まえて、レキが自分の隣に座らせる。

彼女の怪力にはユウリであっても逆らえない。

喉を押さえて咳《せ》き込みながら恨めしげにこちらをにらんでいた。

「いいじゃないですか、ちょっとくらい」

「ダメ。少しも許されない」

「やだやだやだやだ！」

「ユウリもパーティーに加わった時はこんなおかしい子じゃなかったのに変わったよね」

「……その通り、狂わされてしまったんですよ、私たちは。ジンさんに」

「急に冷静になるな。……だが、言いたいことはわかる」

ジンに出会い、諦めかけていた結婚への想《おも》いを再燃させられ、結婚《ゴール》までこぎ着けることができた。

毎日に充実感が出たのもジンとの時間に新たな楽しみを得たからだ。

そう考えればここにいるだけでもジンによって人生を変えられた人間が三人。

「思ってしまったんだが……ジン、絶対他にも堕《お》としている女がいる」

「一緒に途中まで旅したのは竜人族のフロリア、獣人族のルティー。あとは……不死人族《アンデッド》のリリシュナとかも」

「……よくよく考えたら魔王軍の幹部《リリシユナ》を寝返らせてるのもおかしな話だ」

「天性の人たらしですもん、ジンさん。女性に限らず男性もいると思いますよ」

「……男なら一人いるじゃないか、あの厄介な奴《やつ》」

きっと私と同じ人物を思い浮かべていたのだろう。

あっ、と納得の表情をしていた。

「しかも、なまじジンさんとも仲がいいから離せないんですよねぇ」

「……まぁ、悪い奴ではないんだけど」

「私たちとの結婚に反対しそうなのが……」

「ハハハ。容易に想像できてしまうね」

「その時は私がグーで黙らせるから安心してほしい」

「うん、レキちゃんが原因の本元だからね？　しちゃダメだよ？」

ユウリの言葉には同意しかない。今まで何回暴力を振るってきたと思ってるんだ。

【勇者】じゃなかったら処刑されていると思う。

向こうはめちゃくちゃえらい立場なのに。

「……とにかく魔王討伐完了の一報が届けば、それぞれがお祝いとかいろんな名目で訪ねてくるでしょう」

「みんな、族長だったり責任ある立場の人たちばかりだったからね。間違いない」

「つまり、ジンにも接触してくる」

「……結婚式の邪魔だけはさせない」

「絶対に守ってみせる」

「ええ、ジンさんの初めては私たちのものです」

「「………」」

「初めての結婚式って意味ですよ？　ジンさんが受け入れるなら後から奥さんになるのは止めません。だから、侮蔑の入った視線を向けるのはやめてくれませんか？」

最後に少し揺らぎかけたが最終的には同じ意思を持って、確かめるように頷《うなず》く。

結束を深めた私たちはそれぞれ仲良くジンのベッドに潜り込むのであった。

Life Sub-2

Yuusha Party wo KUBI ni natta node Kokyou ni Kaettara, MEMBER ZENIN ga TSUITEKITA n daga

平和を脅かし、人類を脅かす魔物たちの王の根城――魔王城。

【勇者】レキと【聖女】ユウリが乗り込んだのは私たちにとっても新しい記憶だ。

私《ヒナ》――ヒナ・ラリュエルは部下からとある話を聞いて、魔王であるお父様の自室へと乗り込んでいた。

「お父様！　お父様……！　いったいこれはどういうことですか⁉」

扉をぶち開けると、そこにはせっせと金塊を箱に詰めるお父様の姿があった。

あんなにも凛々しく禍々《まがまが》しいオーラを放っていたのに、このていたらくは何だ。

猛々《たけだけ》しく天へと伸びていた角は行儀良く地面へお辞儀している。

雄々しかった顎髭《あごひげ》は剃《そ》られ、鋭かった目尻も下がってただの筋肉質な善い人みたいな表情をして……。

「ああ、ヒナ。実はこの間の勇者さんたちが結婚するみたいでね、お祝いの贈り物を……」

「もう全てがおかしいですわよ⁉　お父様！　ヒナたちの使命を思い出してくださいま

し！　あんなに熱く語ってくれたではありませんか⁉」

極めつきはその格好。深淵《しんえん》のごとく漆黒だったのが、漂白されて汚れ一つなき純白……！

あぁ……鎧《よろい》にこびりついた血痕を「我の自慢だ」と語ってくれていたお父様はもういない……。

「……ヒナ。あれは忘れなさい」

「お父様……？」

「世界征服など黒歴史だ。我々はね、手を取り合い、支え合って共存していかなければならないんだよ」

「な、なんですって……？」

信じられない……。共存？　これまであんなに征服！　征服！　と息巻いて、日々作戦を練っていたのに……。

これも全部あいつらのせいだ……。

あいつらが現れるまでは魔族が優勢だった。

しかし、【勇者】たちは与えられた聖なる力を振りかざし、私たちの同胞を倒していった。

そしてついに魔王城にまでやってきた勇者たちはお父様と対決して、お父様がこんな……こんな性格に浄化されてしまった……‼

古来より魔族には【勇者】に関する言い伝えがある。

聖なる光を浴びた者は心の穢《けが》れがなくなり、魔族として死に至る、と。

お父様の現状がまさにそれだ。

あんなにも魔王として魔族から慕われていた残忍性は失われた。これではまるで人間と変わらないじゃない……！

「もういいです！　でしたら、ヒナがお父様の代わりに人類を滅ぼして――」

「――ヒナ」

ゾクリと腹の底が震えるような声。

お父様が本気で怒った時にしか出さない声音にヒナは顔を一気に青ざめさせる。

「言うことが聞けないなら……お前の部屋の机。右から三番目の引き出しの二重底の下に仕舞《しま》ってある人類刊官能小説を捨てるぞ」

「なななな⁉　何でそれを知って……⁉」

「私は知っているんだよ……。ヒナが世界征服をしようとしている理由を。いつか自分を主役にした恋物語を書かせるために」

「きゃぁぁぁぁぁ‼」

「ぐふっ⁉」

気がついたらお父様を張り倒していた。

お父様はグルグルと旋回しながら宙を舞って、床へと叩《たた》きつけられる。

「はっ、すみませんお父様！　で、ですが、乙女《おとめ》の秘密をペラペラと喋《しゃべ》る方が悪いですのよ⁉　いくらお父様でも言っていいことと悪いことが……」

「フフッ……娘が元気に成長していて私も嬉《うれ》しいよ」

お父様は口から流した血を手で拭いながら、今までしたこともないような穏やかな表情で語りかけてくる。

「人類と仲良くなればヒナの好きな恋愛小説ももっと簡単に手に入るんだ。だから、争い合うのはやめにして――」

「それができれば苦労しませんわよ！」

「……ヒナ」

これまでどれほどの年月を人類と争ってきたのか。

もうどちらかが滅びるまで争い続ける未来しかないって……お父様も言っていたではありませんか。

「……わかりました。お任せください、お父様」

グイッとこぼれそうになった涙を拭って、顔を上げる。

「このヒナがお父様の代わりに人類を滅ぼして参ります！　必ずかの邪知暴虐なお父様の目を覚ましてみせますから……！」

「あっ、待ちなさい、ヒナ!?」

お父様の制止も振り切って私は魔王城を飛び出す。

待っていなさい、人類……！　この私が恐怖のどん底に陥れてみせますわ！

◇　◇　◇　◇

「はぁ……行ってしまった……」

翼をはためかせ、飛んでいってしまった銀髪娘の後ろ姿を見届けた魔王はため息を漏らす。

成人男性の三倍の大きさはある背中はいまや一人の父親としての哀愁が漂っていた。

「……パルルカ」

「ハッ、魔王様。お呼びでしょうか？」

彼がパンパンと手を叩くとひざまずいた状態で現れたサキュバス。

彼女は燕尾服《えんびふく》に身を包み、肌を晒《さら》さないという全裸が基本のサキュバスにしては希有《けう》な格好をしていた。

「ヒナの世話係として後を追いかけてくれ。長年連れ添っている君ならわかるだろう？　その……ヒナは……」

「……確かに勉学の成績は芳《かんば》しくありませんが、その分戦闘の才能はあります」

「そっちに脳の大部分を取られているのかもしれないね……」

彼女のお嬢様口調も『こちらの方が賢く思われる』という理由で始めたものだ。

まだそれだけならばよかった。

ただアホなだけならどうにかしようがあった……と魔王は頭を抱える。

「それと魔王様が大事に育て、外部との接触を断ってきた結果……とてもチョロいです」

「……純粋なのは良いことだ。大丈夫。人類との接触が今後増える以上、ヒナも成長するはずだ」

「…………」

パルルカは自分たちの主《あるじ》である魔王の言葉を耳にしても怒らない。

魔王軍の幹部はあらかた【勇者】によって葬られてしまった。生き残っているのは戦場に出ていない彼女と途中で裏切った者一人だけ。

魔王も敗れた以上、反撃に出ても無駄死にする未来しかあり得ない。

ならば、次世代のヒナに賭けようと思うのも当然の帰結だった。

「サキュバスであるパルルカなら人類にも詳しいだろう。最悪の事態にならないよう彼女のサポートをよろしく頼んだよ」

ここでいう最悪の事態とはヒナを失うこと。もしくは人類に被害を与えることだ。

「かしこまりました。準備ができ次第、早速向かいたいと思います。ヒナ様が向かいそうな場所は把握していますので」

「流石《さすが》だね。ちなみに、どこだい？」

「大好きな恋愛小説を多く取り扱っている書店がある王都かと。以前に行ってみたいと独り言を漏らしていました」

「…………」

本当に人類を滅ぼす気があるのか、と魔王は心配になった。

Life 3 プロポーズ後の生活

俺の気持ちを告げ、みんなの本心を知った昨晩。

夜が明け、目を覚ました俺たちは食卓を囲んでいた。

父さんと母さんは先に食事を済ませて二度寝を決め込んでいる。

ちょうど俺たちしかいないタイミングだったので、いちばんに改善しなければならないと思った話題を切り出す。

「ここで生活するために俺たちの家を作ろうと思います」

すると、三人の視線がこちらに集まる。

レキは口元についたジャムをチロリと舐《な》め取ると、素朴な意見をぶつけてきた。

「なんで？　私は今のままでいい」

「みんなと寝てる姿を親に見られるのが恥ずかしいからだよ！」

ドンと思わずテーブルを叩いてしまう。

そう、また見られたのだ。

三人に抱きつかれながら寝ているところを母さんたちに。

しかも、なぜかレキもユウリもリュシカも服がはだけてるの！

なんで⁉　そんな寝相悪くなかったじゃん、みんな。

親に察せられて、ニヤニヤした表情を向けられるのがどんなにキツいか……！

「そもそもいつの間にベッドに入り込んできてたんだよ……」

「ユウリにやろうって誘われた」

「あっ⁉　私を売りましたね、レキちゃん！　みんなで仲良く潜り込んだじゃないですか！　同罪です、同罪！」

「罪は認めるのか……」

「二人とも静かに。騒ぎすぎると迷惑だろう」

「冷静に諭してるけど、リュシカも悪いことしてるからな？」

どうやら三人に反省した様子はない。

……いや、それはいい。俺も女の子に囲まれて寝られるなら本望だ。

問題なのは父さんたちに気を遣われることだから。

「というわけだから、今日から俺たちが暮らす家を作ろう」

「もちろん構わないよ。では、私が簡単に設計図を引こうか」

「いずれは愛の巣が必要になりますし。私もお手伝いします」

「そうだね。将来を見込して子供部屋もほしいところだ」

「二人だけに任せるの怖くなってきた……」

しかし、あいにく俺には設計に関する知識がない。

正直そんな立派なものはいらなくて、生活するのに困らない程度で問題ないと考えていたんだが……。

せっかく二人がやる気を出してくれているんだし、口を挟むのはよくないだろう。

もう結婚するのは確定なんだし……奥さんのどんな姿でも受け入れるのが夫の役目。

「じゃあ、こういうプレイ専門の部屋も導入して……あっ、よだれ出てきちゃいました」

「なら、浴槽でも一緒に入れるように……ん、体が熱くなってきてしまった……」

そう……どんな姿でも……!!

「ジン、唇噛《か》んでどうしたの？」

「いや、少し自分の本能と戦っているだけさ」

「そう……。ごちそうさまでした」

「もういいのか？」

「うん。それより私もやりたいことを思いついた。ちょっと森に行ってくる」

「そうか。気をつけてな」

「大丈夫。魔物の方が逃げ出すから」

こんなにたくましすぎる返しができる俺のお嫁さんすごい。

魔物だって『格』の違いくらい理解できる。

魔王を滅ぼした歴戦の戦士であるレキの雰囲気にあてられたら、即座に尻尾《しっぽ》を巻いて逃げ帰るだろう。

「いってきます」

「いってらっしゃい」

レキはブンブンと腕を振り回しながら家を出た。

ずいぶんと気合いが入っている——と思ったら、ズズゥゥンと大きな音があたりに鳴り響いた。

わずかに遅れて地面も揺れる。

導き出された結果はただ一つだ。

「……うん、なにも聞こえなかったことにしよう」

思考に蓋をして、現実逃避する。

かといってユウリとリュシカの会話に入るのも違う。

「私……たまに思ってしまうんです……椅子になってみたいって。普段優しいからこそ、ジンさんに嫌な顔されながら座ってもらいたいんです」

「ユウリはそっちか。私は逆にジンにとことんトロトロに甘やかされてみたくて……」

なぜなら、彼女たちの会話からも逃避したいからだ。

なんで家の話からエロ談義になってるんだよ。

そして、俺も絶対に巻き込まれている。だって、名前が会話中に出てきていたから。

「ふぅ……」

……全くユウリとリュシカもお茶目《ちゃめ》だな。

結婚が決まってはしゃいでいるのだろう。

冒険中には見られなかった彼女たちの素顔が垣間見《かいまみ》えて、ちょっと嬉《うれ》しい。

そう思わないとやってられない。

……大丈夫。ちゃんと受け入れるよ。

二人がどんなに特殊性癖だとしても俺は結婚相手としてそれを尊重する。

「……うん、空気が美味《おい》しい」

だけど、今はちょっとだけ休ませてください。

朝から胃がキリキリと締め付けられてるんです、お願いします。

「おかしい……こんなの俺が思っていた新婚生活と違うよ……」

安息の地を求めて、俺はフラフラと庭へと逃げる。

……そうだ、お茶でも飲もう。

俺には目もくれず、猥談《わいだん》会議を進めている二人の横を通り過ぎて保管してある茶葉を手に取る。

「子供部屋はいくつ作るべきだろうか？」

「一部屋に二人と考えても……やはり十五は必要でしょうね」

「やはりか！」

なにが「やはり」なのか問いただしたい。

「私たちとジンさんの愛の深さを考えれば当然です。むしろ足りないくらい」

「となれば、かなり大がかりな工事になるな。人手の方は私が用意しよう」

俺は己の将来の命の心配をした方が良いかもしれない。

リュシカも止めずに乗り気なんだから、俺が言ってもダメなんだろうな。

……いま考えすぎても仕方ないか。未来の俺が頑張ってくれるはず。

「はぁ～、美味しい」

優しいぬくもりが胃に染み渡る。

家の地獄から逃れて、外でのんびりとお茶を飲んでいるとレキが帰ってきた。

「ただいま」

「おかえり、レキ。ずいぶんと張り切ってたな」

「うん。ちょっと楽しかった」

「そっかそっか。……で、肩に担いでいる【聖剣】はどうしたんだ？　魔物でも出たか？」

「ううん、木を伐《き》るのに使った。スパスパ伐れるから便利」

そう言って、ノコギリで木材を裁断する仕草を【聖剣】でするレキ。

【聖剣】もノコギリ代わりにされるとは思わなかっただろうな。

魔王を倒した伝説級の武器が工具扱いか……。

心なしかいつもより輝きが弱い気がするんだけど、【聖剣】のプライド傷ついてない？

大丈夫？

「次から【聖剣】をそんな風に使うのはやめなさい」

「えー」

「えー、じゃありません。【聖剣】がかわいそうでしょ」

「……うん、ジンが言うなら仕方ない。次からは手で切る」

普通に適当な道具を使う発想はないのか……。

いや、レキの場合はそっちの方がやりやすいのか。

彼女の個性ややり方を否定するのも良くない。

流石《さすが》に【聖剣】を日常的に振り回すのは心臓に悪いので控えてほしいが、これくらいなら後からいくらでもカバーできる。

「ほら、レキも飲むか？　頑張ったみたいだし、一息つくといい」

「うん、ありがとう」

淹《い》れたばかりのお茶を湯呑《ゆの》みに注いで渡す。

彼女は俺の足と足の間にすっぽりと収まるように座った。

「……ふぅ。美味しい」

「それはなによりで」

「……うん。こういう時間がずっと待ち遠しかった」

もたれかかってきたレキはパタパタと細い足を上下させる。

うかがえる表情からは緊張が消え去っていて、リラックスしているように思えた。

「……そうだな。小さい頃に戻ったみたいだ」

小鳥のさえずりを聞きながら、時折吹く風を肌に感じて、心地よい太陽の光を浴びる。

頭をなでると、彼女はスリスリと逆に押しつけてくる。

手のひらにふわふわとした感触。

「ジン。髪、結んで」

「ははっ、今日はずいぶんと甘えん坊じゃないか」

「私はたくさん頑張った。これからは【勇者】じゃなくて【レキ】として時間を使う」

彼女の決意を聞きながら、金色の髪を手ぐしで梳《す》いていく。

……この美しい髪がもう血で汚れることもないのだ。

未来永劫《みらいえいごう》、この時間が奪われませんように。

そんな祈りを込めながら、毛束を編み込んでいく。

レキはゆらゆらと体を揺らしながら、完成を待つ。

「……よし。レキ、こっち向いて」

「ん」

「……うん、可愛《かわい》くなった」

「ジン、それは間違い」

ちっちっちと舌を鳴らして、レキは人差し指を振る。

「私は元々可愛い。だから、『世界でいちばん』可愛くなったが正しい」

そう言ってニヤリとほくそ笑むレキの姿に思わず破顔する。

「ごめんごめん、俺が間違ってた。レキは世界でいちばん可愛いよ」

「あと『俺好みの女になった』でも可」

「それは嫌かなー」

「……むぅ。ジンはノリが悪い」

「はいはい、ほっぺ膨らまさないの」

彼女の頬《ほお》を両手で挟むと、ぷっくりとしていた頬はぷしゅーと音を立ててしぼんだ。

そのまま見つめ合う形になったので、一つ変顔をしてやるとレキはプルプルと肩を震わせる。

「ぷっ……ダメ……それ反則。と、とても不細工になってる……」

「ははっ、どれくらい？」

「魔王が浄化されている間の表情くらい」

「俺もう二度と変顔しないって決めたわ」

というかレキは魔王を倒そうとしている時、そんな感情だったのか……。

どこまでもマイペースで、レキらしいと言えばそれまでだが。

「よいしょ」

レキは体の向きを入れ替えて、そのままひざの上に乗ると抱きついてきた。

小さな体に似つかわしくない胸は形をゆがませ、押しつけられている。

……今までならば引き剝がしていただろうな。

関係が変わった影響を実感しつつ、俺もレキに負けないくらい強く腰に手を回す。

……暖かい。腕の中のぬくもりが愛《いと》おしい。

距離がゼロになって、レキの心臓の音が聞こえる気さえする。それほどに密接な距離。

「んっ……決めた。これからは髪を結った後にぎゅっとするのも日課にする」

「レキにしてはずいぶん優しい要求だな」

「……やっぱり昼も、夜も。いつでもぎゅっとし放題。わがままだから」

「それでいいんだよ。遠慮しなくていい。……それにさ、俺もレキとこうしていたいと思ってるから」

「ジンがすごい積極的。珍しい」

「こんな俺は嫌だったか？」

「ううん。どんなジンも好き。……いま、私は幸せ」

恥ずかしさがあるのか、レキはそう言って顔を俺の胸に埋《うず》めた。

そのままグリグリと額をこすりつけていた彼女だったが、ピタリと動きが止まる。

「……ジンも」

「俺も？」

「……世界でいちばん可愛い私をお嫁さんにできたジンも幸せ者だね」

「……レキの言うとおりだな。間違いない」

「満足。……ジン」

「なんだ、レキ」

「……フフッ、呼んでみただけ」

「……そうか、呼んでみただけか」

「うん」

笑顔で首肯すると、またレキはグリグリを再開する。

「はい！　そこまでです！　イチャイチャの波動を感じて、見に来たらやっぱり楽しんでいましたね！」

「抜け駆け禁止！　抜け駆け禁止！」

「どんな波動だよ」

家から飛び出してくるなりデモを始めるユウリとリュシカ。

そこに【聖女】と【賢者】の面影はなく、子供みたいに禁止！　禁止！　と叫んでいる。

「……良い雰囲気だったのに、邪魔が入った」

レキは唇をとがらせて不満顔だ。

それも当然か。気分良くゆっくりしていたのに、いきなり騒がれては小言の一つも言いたくなるだろう。

「邪魔だなんて……ギルティですよ！　ギルティ！」

「はいはい、落ち着いて。そもそも二人が俺をおいて話に熱中し出したのが原因だろ？」

「うぐっ……それはそうなのですが……」

「……で、話は進んだのか？」

「はい！　やはりジンさんに耳元で愛をささやかれながら抱かれるシチュが王道で至高という結論に至りました！」

「お前らの方がギルティだよ」

少しあきれ気味に言葉を返した。

ユウリはもっと淑女らしさを兼ね備えていると思っていたが、最近はずいぶんとはっちゃけている。

これも【聖女】としての偶像を求められた結果、抑圧されていた欲があふれ出てしまっているのかもしれない。

いやいや、これで幻滅なんてしたら上辺でしか判断していない奴《やつ》らと同じではないか。

……どんな姿でも受け入れてこそ旦那だろう。

それに俺にしか見せてない一面と思えば可愛いものだ……多分。

「でも、ジンさんはこんな私を見捨てたりしませんよね？」

「……これくらいで嫌いになるならプロポーズなんてしないさ」

「ジンさん好き！」

「ダメ。許さない」

キスの雨を降らしてくるユウリだったが、その全てをレキが手で防ぐ。

手捌《てさば》きは見事でリュシカがパチパチと拍手していた。

「やっぱり体術ではレキに敵《かな》いそうにないね」

「当然。ジンもひぃひぃ言わせてみせる」

「こら、レキ。ユウリみたいなこと言うんじゃないぞ」

「あれ？　私の名前が悪口になってます？」

最近の行いの結果だと思う。

今までは少し遠慮をしていた部分があったが、彼女たちがこうやって距離を詰めてきてくれたから攻めることにした。

「それで【性女】様」

「リュシカさん？　聖教会に怒られますよ？」

「崇《あが》めているトップに君臨している奴がこんな煩悩まみれな方が怒りと悲しみですごいことになると思うぞ」

「暴動が起きそう」

「安心してください。私は結婚と同時に隠居する予定ですから、バレることはありません」

手を合わせて、ニコリと微笑《ほほえ》むユウリ。

彼女もきちんと分別はつけているようで安心した。

とんでもない爆弾を共に抱える羽目になりそうなのは……夫婦になるのだから受け入れようじゃないいか。

「……と話が逸《そ》れてしまった。ユウリ、ジンに設計図を見せよう」

「そうでしたっ。猥談《わいだん》は事実ですが、きちんと完成もさせたんですよ」

そう言ってユウリは間取りが描かれた紙を広げる。

……想像以上に広い。そして、立ち聞きした話通り子供部屋が十五もあった。

若さでもごまかせるか怪しい。とりあえず体力作りは欠かさないようにしよう。

「この周りは木材が豊富ですから、立派なものができると思います」

「うん、それはいいんだけど……人手が足りないんじゃないか？」

「そこに関しては心配いらない。これがあれば解決さ」

リュシカの手のひらには八つの黒い骨片が転がっていた。

彼女はパンと手を重ねると、骨をひねり潰すようにねじればパラパラとすりつぶされた骨の欠片《かけら》が大地に落ちていく。

「【召喚《サモン》：狂骨竜人《アンデッド・ドラグナー》】」

すると地面に魔法陣が展開され、骨は成長して八匹の狂骨竜人となった。

彼らは本来ならば倒すべき魔物に属する生き物だが、黒骨片を媒体にリュシカが呼び出したものなので彼女の支配下にある。

全員が整列し、主人《リュシカ》に向かって片膝をついた。

「狂骨竜人は疲れを感じないし、細かな指示を理解する知能もある。こういう作業にはピッタリだろう」

「ああ、とても助かるよ。ありがとう、リュシカ」

「フフッ、夫を支えるのは良き妻の役目だからね。気にしなくていい」

「……私もいる。私も良妻賢母の素質あるから」

「それでしたら私だって。ここまではふざけていましたが、ちゃんと働きますからね！」

クイクイと両袖を引っ張るレキとユウリ。

二人も負けじとやる気にあふれている。もちろん俺だってそうだ。

「よし、そうと決まれば早速組み立てに取りかかろう――」

――ぎゅるるるるぅ……。

ひときわ大きな音に全員の視線が一カ所に集中する。

みんなから見つめられた彼女は少し恥ずかしげに己のお腹《なか》を両手で押さえた。

「……私が十全の力を出すために、まずジンはご飯を作るべき」

「ははっ。それは腕によりをかけて作らないといけないな」

「では、腹ごしらえといきましょう」

「よく考えればそんな時間だね。そうだ。天気も良いし、外で食べようじゃないか」

「なら、俺とユウリは調理班。レキとリュシカはテーブルとか移動させてくれ」

そう告げると、各員が己の仕事をこなすために動き出す。

この役割分担は旅の時と一緒だから、みんなテキパキと作業をこなしていた。

「ユウリ。悪いけど、まな板取ってきてくれないか？　外で乾かしていると思うから」

「わかりました！　えっと、まな板、まな板、まない……あっ、リュシカさ～ん」

「待て。なんで私を呼んだのか理由を聞かせてもらおうか？」

「他意なんてないですよ？　ただリュシカさんの近くに洗い終えた調理道具一式があった

だけで…………」

「……まぁ、いい」

「ありがとうございます、まな板さん」

「やっぱり故意じゃないか!!」

そんなツッコミが背後から聞こえた気がした。

「こらこら。からかうのもほどほどにしておきなさい」

「は〜い。ジンさんが言《い》うならそうしま〜す」

「……こんなに私を苛《いら》つかせるのはお前くらいだよ、ユウリ」

リュシカが珍しく頬《ほお》をひくつかせていた。

それでも手を出さないあたり、大人だなぁと再認識する。

彼女は一つ息を吐いて、せっせと働いているレキの手伝いに戻った。

「それで？　どんなお昼ご飯を作ってくれるの？」

テーブルを持ち上げているレキがワクワクを隠せないまなざしをこちらに向けている。

これは厨房《ちゆうぼう》を預かる身として生半可な品は出せないな。

「う〜ん、そうだな……」

魔法収納《マジック・ボックス》を覗《のぞ》きながら、材料を漁《あさ》る。

う〜ん、これなら……そうだ、あれがいいな。

「四肢鳥《ししちょう》の衣揚げにしようかなと思ってる」

「やった！　レキ、それ、好き!!」

あまりの嬉《うれ》しさに語彙力が破壊されるほどにレキは喜んでくれた。

その証拠にもう口からよだれが垂れている。

この子は本能に従って生きすぎて旦那として少々心配だ。

「はいはい、レキは座って待っていようね」

リュシカママがハンカチで口元を拭ってあげて、椅子に座らせた。

四肢鳥はその名の通り、鳥なのに四本脚で歩き、飛べないのだ。

なら、なぜ鳥と呼ばれるのか……多分、前脚に翼が付いているからだと思う。

逆に言えば、それだけ。あと、鶏冠《とさか》もあるか。

しかし、四肢鳥は長距離の移動もその太い四本脚で行うので筋肉が発達していて肉つきもよく、柔らかさも絶品。

そんな四肢鳥を使った料理でも特に人気なのが香辛料で味付けした肉をカラッと揚げた衣揚げだ。

「火種《ファイア》。こちらは任せてください、ジンさん」

ユウリが魔法で火をつけて、油を入れた鍋を熱していく。

その間に俺は下ごしらえだ。

「まずはスジを切り落として……と」

四肢鳥のもも肉を食べやすいように一口大に切って、深皿に入れる。

上から塩、こしょうを振りかけて……。

「このままでも美味《おい》しいんだけどガリックの実をすりつぶして入れると、もっとうまみが増すんだよな」

ちゃんと肉の中まで味がしみ込むようにしっかりもみ込む。

さらに四肢鳥の卵を落として、トロロイモから作った粉、小麦からできた粉と一緒に混ぜ合わせていく。

「よぉし、あとはユウリ。任せていいか？」

「もちろんです。愛の共同作業ですねっ」

「ハハッ、夫婦だからな。これから何度もしていくことになるさ」

「夜の共同作業も毎日しましょうね。活《い》きが良いか確かめておかないと」

「こら待ちなさい。どこ触ろうとしてる。いまから食材を触るんだからやめなさい!!」

体を寄せ、腕を組んだ彼女がとんでもないところに手を伸ばそうとしたので必死に制止する。

「むぅ……仕方ありません。今度の楽しみに取っておきましょう」

激しい攻防の末に諦めたユウリは頬を膨らませて、調理に戻る。

火加減を魔法で調整しているユウリは衣をつけたもも肉をそっと油の海に入れていく。

パチパチと小気味いい音と、色が変わっていく様子が食欲をそそってつまみ食いしたくなってきた。

「すごい良い匂い……」

「我慢、我慢だよ、レキ」

「うぅ……」

リュシカがレキを必死になだめている中、いよいよ衣揚げは完成の領域へ。

「仕上げは強火で一気に！　油の音が変わってきたら――」

目を閉じて、集中モードに入ったユウリ。

俺たちも彼女の邪魔にならないように静かにする。

そして、彼女の耳はささいな音の変化を聞きのがさなかった。

「ここです……!!」

ユウリは目にもとまらぬ速さで衣揚げを箸で摑《つか》み、鉄皿の上に並べていく。

この皿は特別な素材でできていて、余分な油を吸い取ってくれるのだ。

その分、お値段も少し高かったが良い買い物だったと思う。

「はい、ユウリ。ここに並べていって」

彼女が揚げているのをただぼうっと見ていたわけではない。

しっかり実家で採れた野菜を敷き詰めていたのだ。

ユウリは油でギトギトになっていないのを確認すると、一つずつ並べていって——

「完成です！」

「四肢鳥の衣揚げ！」

「「わ〜い！」」

パチパチと鳴るレキとリュシカの拍手。

レキは辛抱たまらんとフォークとナイフでとんとんと机を叩《たた》いているが、空腹を我慢しているのは俺たちも同じ。

盛り付けられた緑の葉の上にてらてらと輝く黄金色。

ゴクリとつばを飲んだのは一人だけじゃなく、全員かもしれない。

「では、みなさん。食材に感謝を捧《ささ》げて」

「「「いただきます」」」

久しぶりに【聖女】らしい一面を見せたユウリの言葉に続いて、食前の挨拶を済ませると俺たちは思い思いに衣揚げにかじりつく。

「うん！　美味《うま》い！」

カリッとした衣とジューシーでプリッとしたもも肉。

噛《か》んだ瞬間、あふれ出てくる肉汁にうまみが凝縮されていてたまらない。

あまりの量に口の中がやけどしてしまいそうなくらいだ。

「んん…………!!」

レキはその美味しさを噛みしめているのか、無言で咀嚼《そしやく》を続けている。

ただとろけた表情を見るに、ご満悦な様子だ。

「あんなに美味しそうに食べてもらえたら作った側としても嬉しくなりますね」

「ああ、作りがいがあるってもんさ」

実際、魔族との戦いで精神が摩耗する中、少しでもレキの喜ぶ顔が見たくて料理の腕を磨いたっていうのもあるしな。

こうして彼女のためになっているなら俺の努力も報われるというものだ。

「ふぃん《ジン》、もっふぉらへらい《もっと食べたい》」

「こら、レキ。行儀が悪いから口につめ込むのはやめなさい」

「大丈夫ですよ。おかわりならまだありますから」

「旅の道中で食材はいつも多めに買っていたからね。もう必要ないだろうし、せっかくだ。贅沢《ぜいたく》もいいじゃないか」

「ジン……ユウリ……リュシカ……らいすき《大好き》」

頬を衣揚げでいっぱいに膨らませながら、グッと親指を立てるレキ。

そんな彼女を見て笑う俺たち。

こうして平和でのどかな昼食の時間を過ごしたのであった。

◇　◇　◇　◇

「んまんま」

もぐもぐと衣揚げを楽しむレキを見ながら、すでに食事を終えた俺たちは一服していた。

ちなみにすでに材料は空である。

「ははっ。レキはそんなに食べてすぐに動けるのかい？　この後、すぐに運動だよ？」

「任せて。消化は早い」

「それもそうだったね。いらない心配だったか」

笑いながら、リュシカはお茶を一口含む。

「そういえば、ジン。一つ、あなたに伝えないといけないことがあったんだ」

「ん？　何だ？」

「実は国王から一度、顔を出しに来いって伝言をね。あなたに会いたくて仕方がないらしい。昨日はいろいろとあって頭から抜けてしまっていたよ」

「国王様が？　わざわざ俺を？」

「ジンも勇者パーティーだったのだからおかしくはないだろう？　それに国王はあなたをたいそう気に入っていたからね」

「確かに……ジンさんが最後まで同行できるように取り計らってくれたのも国王様でしたもんね」

「本当にな。ありがたい限りだよ」

「国王様が『ジンがあのパーティーには必要だ』って反対派を押し切ったのは私も話に聞いています。いま思えばかなりの英断でしたよね」

「国王はこのパーティーが誰を中心に回っているか、きちんと理解していたようだから。さすが【賢王】と呼ばれるだけはある」

確かに国王様は初めから俺とレキの関係を大切にしてくれていたように思える。

とはいえ、国王様に気に入られるようなことはしてないけどなぁ……。

政務での疲れを癒やしてほしくて旅の途中で手に入れた薬草を送ったり、仕事が大変そうだから討伐の報告書を簡潔にまとめたり、王宮で待機の際には息抜きと称した遊戯に付き合ったりしたくらいだ。

「というわけで、国王はジンにもお礼が言いたいらしくてね。今から私と王宮まで【転移】しよう」

「――ちょっと待ってください」

リュシカの提案に待ったをかけたのはユウリだ。

うん、俺もリュシカが口にした瞬間、絶対もめごとになるんだろうなと思った。

ここ数日、何度も三人のこういうやりとりを目の当たりにしている。

なんなら魔法を浴びて、物理的に体感している。

きっとユウリのことだ。

頭の中では俺がリュシカとくんずほぐれつしている桃色の想像を繰り広げているに違いない。

それだけ想《おも》ってくれているのは嬉しいけど、心配しなくてもいいのに。

「それなら私も連れていくべきです」

「おや？　この間、私とレキに報告を任せていた気がするんだけど……記憶違いかな？」

「そ、それはジンさんの看病もありましたし……こ、国王様もきっと私とも会いたがっているはずです！」

「いや、ユウリに関しては全く言及はなかったよ」

「……あのあごひげっ……」

国王様にそんな悪口を気兼ねなく吐けるのは彼女くらいだろうな～なんて思いながら、湯呑《ゆの》みのお茶を飲み干した。

よし！　こういう場を収めるのも夫の役目だろう。

今後のためにも一肌脱ごうじゃないか。

「なら、みんなで王城まで遊びに行こうか」

「それは聞けないお願いだね、ジン」

「そうです。これは仁義なき戦いなんです。いくらジンさんの提案でも譲れません」

「私、ユウリ、リュシカ。敵」

「そうか……。俺は国王様にみんなを自慢のお嫁さんですって自慢したかったんだけど……嫌なら仕方ないか……」

「レキ！　ユウリ！　私たちはとっても仲良しだよね！」

「なに当たり前のこと言ってるんですか！　来世も仲良し確定ですよ！」

「私、ユウリ、リュシカ。好き」

　この手のひら返しである。ここまですがすがしいとこちらも笑ってしまう。

「じゃあ、お茶を飲み終えたら出かける準備をしよう。家作りは帰ってきてからでもできるからさ」

「いや、そんなことはないよ」

「どういうこと、リュシカ？　俺たちがいないと狂骨竜人たちも動けないんじゃ……」

「この子たちはジンが思うよりも優秀でね。ちゃんと設計図を渡しておけば要望通りに仕上げてくれる」

　リュシカがそう言うと召喚されていた狂骨竜人たちは首を縦に振る。

　優秀すぎる……俺よりも優秀なんじゃないだろうか。

「もちろん私たちがそばにいなくても彼らは暴れたりしないから安心してほしい」

　リュシカが教えてくれたのだが、契約違反をしたらすぐわかるようになっているらしい。

生殺与奪の権を握っているのは主人である彼女。

　テイムされた魔物が本当の意味で自由になれるのは、主人が何らかの不幸で死んでしまった時だけなんだとか。

「それなら安心して全員で王都に行けますわね」

「ただ誤解を生まないように村の人々には説明しておいた方がいいと思う」

「なら、みんなには俺とレキで説明に回ろう。二人は出かける準備を頼めるか？」

俺の役割分担に誰も異議を唱えない。

「よし。それじゃあ、片付け終えたら早速行動しようか」

それからテキパキと事を運んだ俺たちは二時間後に王都へと転移するのであった。

◇◇◇◇◇

「もう転移し終えたから大丈夫だよ、みんな。瞳を開けてごらん」

言われたとおりにまぶたを開くと、視界の景色が一変していた。

自然豊かな緑にあふれた故郷から文明進んだ華やかな都へ。

「どうだい、気分は？」

「酔いもないし、問題ないよ。リュシカの魔法は天下一品だから心配ないさ」

「フフッ、お褒めにあずかり光栄だよ」

転移魔法は使い手によっては体調を崩すなどの副作用がある。

丁寧に編まれた魔法陣。発動時に使用する魔力量の調節。

細かな器用さも一流の魔法使いには要求されるのだ。

俺も長い間、旅をしてきたがリュシカ以上に優秀な魔法使いを見た記憶がない。

もちろんひいき目なしに。

「それじゃあ行こうか。このローブがあれば誰も私たちが勇者パーティーとはわからないから安心して」

「「「はーい」」」

リュシカを先頭にして、王城へ続く道を歩いていく。

「ジン！　あれ見て！」

「うん、どれどれ……はははは、まさかこんなものまでできているとは」

興奮気味なレキに腕を引っ張られた先には『勇者まんじゅう』と書かれた商品が売られていた。

「すごくかわいい」

器用なもので白いまんじゅうの皮にレキの顔が描かれている。本人と見比べても可愛《かわい》さをよく表現できているなと思う。

「あらあら、本当ですね。どうやら私たちの商品もあるみたいです」

ユウリの視線の先には『聖女まん販売中』の看板があった。

商品を見るに味付けした肉と野菜を皮で包んで蒸しただけの料理なのだが……これのど

こにユウリの要素が……あっ。

「ふふ、気づかれましたか？　これのこと、みたいですね」

そう言って彼女は服の上から大きく盛り上がった部分を指で押す。何でも受け入れてくれるような柔らかさと、さわり心地のよさそうな弾力を沈み込む指先が語ってくれていた。

……確かにユウリに負けないくらいの大きさだ。……なるほどなるほど……これ不敬罪で怒られたりしない？　大丈夫？

「ジンのもある。『参謀えんぴつ』だって。これで書けば頭が良くなるらしい」

「俺のだけなんか適当じゃない？」

参謀なんてやってないし、もはやただのえんぴつじゃん……。

三人に比べて影が薄いから裏で暗躍するイメージでも持たれてしまったのだろうか。

ま、まぁ俺の記念品もあっただけよしとしよう！　勇者パーティーの一員として忘れられていないという証拠だしな！

「こういうのが作られると私たちがやってきたことの影響を感じますね」

商人たちが何の意味もなく、こんな商品を売り出すわけがない。

需要があると見込んだから、こうして売りに出しているわけで……。その事実は国民の間で俺たちの人気が高い証明にもなる。

「それだけ人々は魔王の討伐を心待ちにしていたということさ」

「私たち人気者」

「ハハッ、ちょっと恥ずかしいけどな。そういえばリュシカのは一体どんなのだ……った……」

俺たち三人の品があるのだから彼女をモチーフにした商品も売っているだろう。

そう思って声をかけた俺は自分の選択を悔いていた。

せめてどんな商品か確認してから話しかけるべきだった、と。

「『賢者おせんべい』美味《おい》しそう……」

そう。彼女の服と同じ緑色の生地をした薄く、まっすぐなせんべいだったのだ。

「あら？　あらあらあら～？　これは確かにリュシカさんピッタリですね～？」

「どういう意味か聞こうじゃないか、ユウリ。返答によっては魔法を打ち込む」

「お、落ち着け、リュシカ！　これは、その……ほら！　リュシカのまっすぐな性格を表してるんだよ！」

「そんなわけあるか！　離してくれ、ジン！　私はそこの店主をぶちのめさないと気が済まない！」

「どうどう」

怒りに暴れるリュシカをレキと二人がかりで押さえる。

「ユウリ！　魔法！」

「は〜い、落ち着いてくださいね。【感情抑制《キュア》】」

ユウリが魔法を唱えると、ジタバタ暴れていたリュシカの動きが大人しくなる。

どうやらしっかりとユウリの魔法が作用したようだ。

「落ち着きましたか、リュシカさん？」

「はい、そこ！　煽《あお》るように胸の下で腕を組んで持ち上げない！　リュシカもいくら周囲の認識に不満があるからといって暴れるのはよそうな」

「……ジンは」

俺に羽交い締めされているリュシカは見上げるように懇願の視線をこちらに向ける。

「ジンは貧乳でも好き……？」

あまりの直球な問いに度肝を抜かれた。

以前に彼女が酒に酔った時、聞いた愚痴がある。

二八××年も生きているのに自分の胸はどうしてレキやユウリより小さいのだろうと。

あの時の悲しげなリュシカの表情は今でも覚えていた。あんなにも喋《しゃべ》っている内容と表情がマッチしない経験がなかったから。

とはいえ彼女にとっては深刻な悩み。だから、俺も真剣に答える。

「大好きだよ。俺はどんなおっぱいでも大好きだ」

「……そうか。よかった」

俺の返答に納得いったのか、リュシカはホッと安堵《あんど》する。

フッ、みんなのためなら俺の自尊心など取るに足らない。それに今は周囲に俺の声が聞こえないから問題ないのだ。

先ほどリュシカが言った通り、俺たちが着ているローブにはある特殊な細工が施されている。

リュシカ自身の手によって【認識阻害《シャドウ》】の魔法が編み込まれているのだ。

これを羽織るだけで俺たちの存在感は無となり、勝手に意識の範囲内から排除される。

だから、あんなに店の前で商品について話していても、はしゃいだとしてもバレない。

さすがは【賢者】のリュシカが手を施した一級品。

オークションに出品すれば世界各国が大金をはたいてでもほしがる代物をこうして用意してくれるのだから、本当にリュシカには感謝してもしきれない。

「……？　私の顔に何かついているのかな？」

「いや、リュシカの顔はいつも通り綺麗《きれい》だよ」

いくら親しい仲だとはいえ、相手の善意を受け取ってばかりというのは個人的に俺は嫌だと思っている。

やはり好意による行いにはお礼を返したい。

リュシカの喜びそうなことって何だろうか。

「それはそれは……ありがとう。なるほど、もしかして――」

思案にふけっているると彼女に店横の細い路地に連れ込まれて、ドンと壁に押しつけられた。

え？　え？　なに？

おっぱいについて触れてしまった逆恨み？

「私に見とれてしまったのかな？」

彼女の長く細やかなまつげ一本一本がわかるくらい近い距離にリュシカの顔がある。

切れ長の眼《め》は美しく透き通っていて、こちらの意識を吸い寄せる。

あと一歩でも踏み込んでしまえば体と体が触れてしまうだろう。

本当に物語に出てくる王子様のような美男子的行動。

ちなみに彼女には恋愛経験がなく、こういった行動は全て小説で得た知識であることを俺は知っている。

……そういえば以前、これもまたお酒を飲んでいた時にリュシカが愚痴をこぼしていたな……。

『自分が恋物語を好んで読むのは、ああいう恋愛に憧れているからだ』って。

……あっ、良いことを思いついた。

「あまりに見とれて言葉も出ないかい？　ジンも私の魅力にメロメロみたいだね」

「そういうリュシカはどうなんだ？」

「ん？　それはどういう……」

「俺のことをどう思ってる？」

「ん――にゃっ!?」

俺も彼女のよく読む小説を見習って、顎を指でクイッと持ち上げる。

すると、みるみるうちに顔を真っ赤にしていくリュシカ。

俺も歯の浮くような台詞《せりふ》に恥ずかしさを覚えるが、ここをやりきるのが漢《おとこ》だろう。

「俺はもちろんリュシカを愛している。次はリュシカが言う番なんじゃないか？」

旅の途中で彼女に貸してもらった恋愛小説の一節を思い返す。

確かこの後は耳もとに顔を近づけて……。

「ほら、言ってごらん？」

「……ひゃぁぁぁぁ」

へなへなとその場に座り込むリュシカ。

いつもは凛《りん》と透き通る声もプルプル震えている。

滅多《めった》に見られない彼女の姿にこのまま追い打ちをかけようかと悩んでいると――

「……お二人とも私たちの存在を忘れていませんか？」

「ジン。二人だけでイチャイチャするのは許されない」

――後ろから恐ろしく冷たい声がした。

そうだった、思わずノリノリでやってしまったがレキたちもいるんだった。

演技に没頭するあまり思わず頭から抜け落ちてしまっていた。

「他のお嫁さんを放置して、二人で路上プレイ……これは酷《ひど》いと思いませんか、レキちゃん」

「ユウリに同意」

「私たちも同じことをしてもらわねば納得できません。そう思いませんか、レキちゃん」

「とっても同意」

激しく縦に首を振るレキ。振りすぎて浮き上がりそうな勢いだ。

「というわけで、ジンさん？」

「はい、どーぞ」

……ここまで二人に言われては俺も逃げるという選択はできなかった。

「……んっ……これは……キますね……」

「ん。私もジンを愛している」

当然、二人にも同じことをする流れになったのは言うまでもない。

恥ずかしさによって俺のメンタルはゴリゴリ削られていくのであった。

◇◇◇◇◇

魔王という人類の敵を討伐するにあたって国の協力は不可欠だ。
レキだって【勇者】という強力な加護を持っているが、元は田舎村《いなか》の女の子。
戦闘の勘だってないし、そもそも武器の扱い方だって知らない。
国が学びの場を与え、研鑽《けんさん》し、ようやく戦場に立つ戦士となる。
もちろんそれだけではない。
魔族との苛烈な争いをするために必要な最適な武器、防具。旅の道中で必要な金銭。
その全てを国が負担した。
そして、それらを用意してサポートしてくれた今代国王のウルヴァルト・メ・オーンは
間違いなく善良な王様だと言える。

「ウルヴァルト様にはいっぱいお世話になったからなぁ」

俺が勇者パーティーの一員としてレキに付き添えたのもウルヴァルト様が反対派を押し切ってくれたからだ。

ウルヴァルト様は一人の少女にかかる重圧を正しく理解していた。

【勇者】としてレキを見るのではなく、【勇者】の加護を持ってしまった女の子として接してくれ、「パーティーには彼女の心の支えであるお前が必要だろう。限界を感じたならやめてもいい。ただ今は共に歩んでやれ」と俺に告げてくれた。

そういう経緯があったからか、俺はかなりウルヴァルト様に恩を感じており、戦いの傷を癒やすために王城にいた時は積極的にお手伝いをしたものだ。

「確かにあの国王でなければ私たちの魔王討伐はもっと遅れていたかもしれないね」

「ラインゴット帝国は【竜騎士】や【大剣士】を筆頭に魔王討伐を試みたけど失敗しましたからね。国王様は聖教会とも足並みを揃《そろ》え、エルフの里にも自ら足を運んだと聞きます」

「国王は私を馬鹿にしないからいい人」

というのが三人の評。

ユウリの言ったラインゴット帝国は最初から一年しか支援するつもりがなく、彼女らは早急な魔王討伐が求められた。そのせいでろくな休息も取れず、疲労困憊《ひろうこんぱい》なまま彼女たちは魔王幹部との決戦に臨み、当然十全の力を発揮できずに敗北した。

不幸中の幸いは俺たちが合流できたこと。

いろいろとあった末に彼女たちは魔王討伐の役目を俺たちに託し、帝国から離れてそれぞれの故郷へと帰っていった。

「元気かな。【竜騎士《フロリア》】さんと【大剣士《ルティー》】さん」

「私たちの結婚式が終わったら、また顔を見せに行けばいいさ。きっと喜んでくれるよ」

「そうだと嬉《うれ》しいよ。それにビックリするだろうな、俺たちがみんな夫婦になっているだなんて知ったら」

「違いない。……いろんな意味でね」

いろんな意味？　それはどういうことだろう。

俺が尋ねる前にユウリはツンツンと俺の胸元をつついて、言葉を続ける。

「ふふふ、今は気にしなくて大丈夫ですよ。そのうちわかります」

ユウリがそう言うのなら今は横に置いておこう。

それよりも今はウルヴァルト様との謁見だ。

先ほどの王都の商業街での盛り上がりを見るに、国民の興奮が収まるまでは街中を闊歩《かっぽ》できないだろう。

俺たちの名前を冠した特産品もそうだが、耳に入る俺たちへの称賛の声の数々。

小さい子供から老夫婦まで勇者パーティーの話題で一色なのだから、何かとかこつけた特産品が生まれるのも納得がいく。

改めて魔王討伐という偉業の影響を思い知った気がする。

そんなわけで有名税とも言うべきか、顔をさらして正門から王城へと入ることはできない。

かといって姿を消したまま不法侵入する必要もないようにウルヴァルト様は手を回してくださっていた。

「私、これ秘密基地みたいで好き」

「ハハッ。秘密基地にしてはずいぶんと大きいけどな」

これもまた配慮から用意された俺たち専用の入り口がグルリと王城を一周した裏側に設置されている。

えっと、確かこのあたりに……おっ、あったあった。

「【限定解錠《アンロック》：ジン・ガイスト】」

城の壁で一つだけ色がわずかに違うレンガに触れながら、一部の者しか知らない呪文を口にすると空間がぐにゃりと歪《ゆが》む。

現れたのは人一人が通れるほどの暗闇の空間。

事情を知っていなければ触れるのさえためらってしまうほどの漆黒が大口を開けて俺たちを迎えている。

「周囲には誰もいない。大丈夫だよ」

万が一の可能性を考慮して確認してくれたリュシカの言葉を聞き、足を踏み入れた。

俺たちの体が全て暗闇に溶け込むと、床に描かれたリュシカ特製の転移魔法陣が発動。

視界が黒に染まっていたのも一瞬で、すぐに開けた場所に出る。

あの暗闇は魔法陣の存在を隠すためのカモフラージュというわけだ。

――と、そんなことはどうでもよかったな。

俺たちが転移したのは王城の中央。心臓部と言っても過言ではない。

ウルヴァルト様と謁見する大広間。

床には歴史を感じさせる真紅のカーペットが敷かれており、それが延びる先にはこの国の主《あるじ》のみが座ることが許された椅子がある。

そして、今もまたそこには金と紅《あか》と碧《あお》の宝石で装飾された冠を被《かぶ》る人物がいた。

「……よく来たのう、ジン。レキ。ユウリにリュシカ」

その低い声には人に頭《こうべ》を垂れさせるだけの重みと威厳があり、間違いなくこの方こそが国王だと認識させるには十分だった。

鋭い三白眼は俺たちを捉え、立ち上がった老体は慌てることなく、ゆっくりとこちらに歩み寄る。

この後、自分が何をされるのか悟った俺は直立不動のまま彼と相対した。

「お久しぶりです、ウルヴァルト様。ジン・ガイスト、無事、帰還のご挨拶に参りました」

「おうおう……まったく……」

ウルヴァルト様の強く、温かい手が頭に載せられる。

数回なでられると、そのまま手が腰へと回り——

「本当によく帰ってきたのう〜!!　会いたかったぞ、ワシのかわいいかわいい心の孫よ〜!!」

——強く強く抱きしめられた。

先ほどまでの威厳は霧散し、ただ孫を可愛《かわい》がるおじいちゃんが現れる。

当然、俺は孫なんかではない。だけど、この人はいつも俺を心の孫と呼ぶ。

この人こそがウルヴァルト・メ・オーン。

俺たちが暮らすメオーン王国の現国王である。

「話は聞いておる。そこの三人と結婚するんじゃろ？　結婚に必要なものは全部こちらで用意するから遠慮せずに言いなさい。なんでも買ってあげよう」

ウルヴァルト様の場合、本当に何でも買えてしまうので軽々しく口にできない。

「国王。ジンは私たちの旦那様。そんなに抱きつかないで」

「いいではないか？　だいたいおぬしはワシに作業を押しつけてジンに会いに帰ったくせによく言うわ！」

「ウルヴァルト様。年が倍以上離れたレキと口げんかするのはよしましょう……」

それも俺を取り合ってのことだから恥ずかしい。

いつぞやリュシカにおすすめされた恋物語で「やめて！　私のために争わないで！」と言っていたヒロインとは、こんな気分だったのだろうか。

貴重な経験をしてしまったな。

「ウルヴァルト様のジンさんへの溺愛っぷりは健在ですね」

「ワシに優しいのはジンだけじゃからな！　ジンはワシの孫なの！」

「終始、あんな感じだからね」

「ハハッ……」

「はぁ……」

俺の苦笑いとリュシカのため息が重なる。

前まではここまでに酷《ひど》くなかった気がするが、最近王城に遊びに来ていない間に悪化している。

とりあえずこのままでは話が進まないので、いったんウルヴァルト様を引き剝がす。

「落ち着いてください、ウルヴァルト様。とりあえず王座に戻って、ね？　今日はいろいろとお話ししに来たので」

「むぅ……仕方ないか。迷惑をかけるわけにもいくまい。なんせ本国を救った英雄の一人じゃからのう」

「自分はたいしたことはしていませんよ。頑張ってくれたのはレキにユウリ、リュシカですから」

「自身を卑下するではない。おぬしの働きを認めている者はたくさんおる。それは存分にパーティーの三人に教え込まれたのではないか？」

そう言ってウルヴァルト様はレキたちに目をやり、ニヤリと笑う。

……そうだった。三人の告白を、愛を受けて、必要以上に己を卑下するのはやめにするんだった。

彼女たちに選ばれたことを誇りに思え。

一言一句、一挙一動が他人に見られていると思え。

さすがはウルヴァルト様。俺の短所を一瞬にして見抜き、指摘してくださった。

「……はい。みんなのおかげで俺は気持ちを新たにできました。先ほどの言葉は忘れてください」

「うむ、きちんとそのあたりは認識を正せたようじゃの。良い顔つきになっておる」

ウルヴァルト様は長く伸びた髭《ひげ》をなでながら、眼《め》を細める。

どうやら満足いく回答だったようだ。

ポンポンと俺の頭をなでると、ウルヴァルト様は王座へと戻り、腰を下ろす。

「男にしてやったか、リスティア」

「はぁ……白昼堂々、下ネタを振るのはやめないか」

「おや、まだじゃったか。それもそうか。この年まで生娘をこじらせているおぬしにそんな度胸はないわいな。失礼失礼」

「ぶっ殺すぞ、クソガキ」

「ハッハッハ！　愉快愉快！」

リュシカは見た目は若いけど年齢はウルヴァルト様の何百倍も生きている。

そして、元々エルフたちの中でも代表者のポジションにいるので、ウルヴァルト様とは昔から交流があるのだ。

それこそ幼少の頃から既知の仲というわけで、軽口を飛ばし合うくらいには気軽に接している。

ちなみにレキもこれくらいの距離感。

初めて顔合わせした時は生きた心地がしなかったな……。本当にウルヴァルト様の器の大きさに感謝しかない。

「そうです、ウルヴァルト様。あまり面白くない冗談はやめてください。ジンさんの初めては私が奪うんですから!!」

「ユウリさん？　その発言でいちばん恥ずかしい思いをするのは俺だって気づいてね？」

「処女のくせによく言いよるわ。耳年増《みみどしま》なだけの小娘は本番で恥をかくだけだぞ」

「フッ、舐《な》めないでください。――私はすでに百回以上のイメージトレーニングを済ませています」

それを聞かされた俺は今後どんな態度でユウリに接すればいいんだっ……!!

なぜか自慢気なユウリの圧に押されたのか、ウルヴァルト様は「そ、そうか……」と返事をするだけだった。

そういえばウルヴァルト様はこういう状態のユウリを見るのは初めてのはず。

なるほど、面食らうわけだ。

「……さて、話を戻そうか。おぬしらを呼び出したのは他でもない。勇者パーティーの結婚。それに伴った王城を利用した結婚式について……じゃが、その前に言うことがあるの」

広間にウルヴァルト様の拍手が響き渡る。

「改めて婚約おめでとう。おぬしたちが結ばれたこと、ワシはとても嬉しく思うぞ」

やはり誰かから祝福されるというのは気持ちがいいものだ。

同時にこうやって第三者から告げられると、改めて自分たちは結婚するのだと実感が湧いてきた。

「ワシが思っているよりも早くジンがレキの告白を受け入れてくれてよかったわい。これで【勇者】の血が途絶えずに済む」

「国王。それはどういう意味？」

「そのままの意味じゃ。代々、【勇者】の加護は初代勇者の血を引いた者にしか出現せん」

「えっ」

「それじゃあ、レキにもその血が……？」

「ああ。なにせ魔族に対応するため初代勇者は百人以上の子を成したと記録があるからのう。薄れているとはいえ、レキにもその血が混ざっていたんじゃろう」

「ひゃ、百人⁉」

あまりの規模に思わず声が裏返ってしまう。

この前までユウリたちが話していた子供部屋の話が可愛く思えるレベル……どれだけ絶倫だったんだよ、初代勇者様……。

「もう遥《はる》か彼方《かなた》の話で王国は全ての子孫を把握できておらん。だが、こうして今代の【勇者】レキのその結婚を手伝えることになった。これはこちらとしても光栄なことなんじゃよ」

「なるほど。だから、王城を使った結婚式もあっさりと許可が通ったわけですね」

ユウリは納得したように頷《うなず》いていた。

「もちろん結婚後の支援も手厚く行うつもりじゃ。これは極論じゃがな。おぬしらは難しいことを考えずに子供を作って、幸せに暮らしてくれれば国としては大助かりだからの」

「【勇者】の加護を持つ可能性がある子たちを囲えるからだね」

「うむ。ワシも望まぬ子作りはしなくていい……と思っておるが……やる気満々のようじゃからの。心労が一つ減って助かったわい」

「百人……上等」

「いや、待て待て待て」

初代勇者様は男だからそういうことができたの。

レキは女の子。つまり、一度に身に宿すことができる子は基本的には一人だけだ。百歳を超えてまで子作りする老夫婦は元気すぎるだろ。現実的に百人は不可能というわけである、という旨をレキに伝えた。

「……残念。二十人くらいで我慢する」

「レキちゃんが二十人なら私は二十一人を目指しましょうか」

「なら、二十二人」

「はい、二十三人」

「わ、私は長寿だからな。ひゃ、百人でも行けるぞ、ジン！」

「オークションじゃねぇんだぞ、お前ら」

俺はもっと穏やかな隠居生活を送りたい。

三人の希望を聞いていたらほぼ毎日が食、寝、性！　で終えるだろう。

死んじゃう。それでは先に俺の方が死んじゃう。

行為中の腹上死など絶対に嫌だ。

「しかし、そういう言い伝えがあるなら他にも立候補しそうな貴族がいそうだけど大丈夫なのかい？」

「あったが、そういう婚約話は一蹴した。世界を救った英雄を政治の道具にするつもりは断じてない」

「フフッ、やるようになったじゃないか、ウルヴァルト」

「権力というのは、こういう時のためにあるんじゃ。存分に使ってやらんとな」

やっぱりそういう話題が上っていたか。

三人には魔王を討伐した勇者パーティーの一員として、世界を救った救世主という箔《はく》が付いた。

特にレキを身内に加えられたら権力争いで大きく前進する。生まれてきた子は未来の【勇者】候補という付加価値までついてくるからな。

ほしがる貴族は間違いなく両手の指では足りないだろう。

そして、そんな大人気の三人を全てかっさらっていったのが俺というわけだ。

……恨みを買って、殺されないよな？　ちょっと心配になってきた……。

「そんな不安そうな顔をしなくても大丈夫だよ、ジン。私たちを攻撃してくるバカはいないさ。リスクが見合わないからね」

「ワシも同意見じゃ。そもそも各人でも一国の軍事力相当の実力を持っているのが三人集まっている。根深い恨みがあったとしても手を出せば無事とはいかんじゃろう。まっとうな頭をしていたなら、すぐにわかることじゃ」

「そもそも市民はあなたを含めて勇者パーティーとして認識している。あなたも救世主の一人なんだ。手を出したことが公表されたなら、とんでもない暴動が起きるだろうね」

「……私もリュシカさんに同意です。旅の道中でジンさんも数多くの人々を救ってきました。間違いなく感謝されています。ジンさんは自分が思っている以上の人間に愛されているんですよ」

……なんだかすごいむずがゆい。

こんなにすごいみんなに、肯定的な言葉を投げかけられると心がぽかぽかと温かくなる。

それと同時に優しさに甘えず、期待に応えられる人間にならないといけないと改めて思った。

「だけど、ユウリ。よく聖教会が結婚を許してくれたね。ここを落とすのがいちばん難しいと思っていたのだけど」

「うふふ、乙女《おとめ》の秘密ですよ、リュシカさん」

「それはそれは……暴かない方が良さそうだ。世の中には知らないでいた方がいいこともある」

そう言ってリュシカは肩をすくめる。

「間違いないの。次にジンの貴族爵位についてじゃな。これに関してはワシの力不足で申し訳ないと思っておる。せめて子爵位は授けてやりたかった……」

「あ、頭を下げないでください！　むしろ、平民の自分を貴族にしてくれただけでもありがたいと思っています！」

なにせ貴族になれなかったら俺は三人と結婚することはできなかった。

それだけでも一生の感謝を注がなければならないくらいだ。

きっと俺は誰か一人を選ぶことなんてできなかったと思うから。

「それに俺には政治なんてわかりません。そういう意味でも、全く問題ありませんから」

「そう言ってもらえるとワシも救われる。あまり貴族からの不満を買いすぎても、今度はおぬしらからこちらに矛先が変わって、善政が敷けなくなる。国を預かる立場として、それは避けたかった」

「本当に男爵位でも俺には十分すぎるので。こうして彼女たちと堂々と愛を育める環境にしていただき、ありがとうございます」

「わっ」

「ジンさんったら大胆……」

「ジン……」

「ガッハッハ！　その様子なら王国も安泰じゃのう！」

三人を抱き寄せた俺を見て、ウルヴァルト様は豪快に笑う。

「懐かしいのう。ワシもかつてはそんな情熱に燃えさかった頃があったわ。じゃが、老いぼれの過去ののろけは今はいらんの。なにせおぬしらと話ができる時間も少ない。ったく……孫相手の時間くらい確保したいもんじゃわい」

ウルヴァルト様は当然お忙しい。

こうして俺たちのために時間を割いてくれていること自体、本当にありがたいことだ。

そう考えればこれ以上求めるのは強欲というものだろう。

「さて、いよいよ本題といこうかの」

本題……つまり、俺たちをここに呼んだ目的である結婚式について。

「おぬしらにとっていちばん大事なことじゃろう。……なにせ王城を結婚式に使うなんて……クックック。よくもまぁ、こんな面白いこと思いつきよる」

ウルヴァルト様は愉快気に笑っているが、俺は乾いた笑いしか出ない。

本当にぶっ飛んだ提案だと思う。

だけど、これは非常に効率的な話らしい。

実はあの後、ユウリとリュシカに聞いたのだが、国が大々的に結婚を祝うことで様々なメリットがあるのだと。

一つ、他国にメオーン王国が仲介人となった夫婦であると牽制《けんせい》できる。

一つ、魔王討伐というめでたい話題がある中で執り行うことで、反対勢力のネガティブな意見を封殺できる。

一つ、市民に対して勇者凱旋《がいせん》と同時に行うことで費用を抑えられると共に、国に対してポジティブなイメージを持たせられる。

それらはきちんと理に適《かな》っており、だからこそ王城を結婚式で使うという許可が得られた。

実際は先ほどウルヴァルト様がお話しした事情もあるのだろうが、勝算ある段階まで煮詰めた二人は本当にすごい。

「ちゃんと計画は進んでいますか？」

「心配するな、フェリシア。なにせ世界中が注目する結婚式じゃ。生半可なものには絶対せん。メオーン王国の威信にかけて約束しよう」

「それならよかったです。どれほどの時間がかかる想定でしょう？」

「結婚式の準備が整うまで約一ヶ月といったところか。期間が期間だけに各国のお偉方は呼べんが問題ないじゃろう」

「ええ。それよりも結婚式の準備が長引いて各陣営につけ入る隙を与えてしまう方がよろしくない」

ユウリの意見にウルヴァルト様も頷く。

「というわけじゃから、しばし待て。その間は旅の疲れを癒やし、四人でのんびりと過ごすといい。王城の部屋をいくつか貸し出そう」

「ありがとうございます！」

ちょうどいい。新居を用意している間も実家で暮らすのは少しな……。

両親にからかわれるし、俺の狭い部屋に四人は流石《さすが》に無理があった。

面積的にも、俺の理性的にも。

やはり初夜を迎えるならば結婚してから……という気持ちがある。

女々しいと馬鹿にされるかもしれないが、俺はきちんと愛を彼女たちに誓ってからの方がいいと思っている。

これに関しては意見を変えるつもりはなかった。

「血筋の時にも話したが、王国としてこの結婚式に関われるのは我らにとっても誉れだ。世界の英雄殿の役に立てるんじゃからの」

「誉れ……照れる」

「それだけのことをやったのじゃ。そして、こんな風に考えるのは歴代国王も同じじゃった」

「……ウルヴァルト様、それは一体どういう……？」

「勇者が行う結婚式に使用する花嫁衣装、花婿衣装。そして——結婚指輪。その全てをメオーン王国が保管している」

「「「!?」」」

保管しているって、それはつまり……かつての【勇者】たちが使用した衣装がそのままあるってことか!?

「そ、そんなことが可能なのですか？」

「フェリシアの疑問ももっともじゃ。だが、結論を述べれば可能。なぜなら制作には人類だけではなく、魔族を除く全ての種族が関わっているからの」

「全ての種族って……そんなことが……」

ユウリの驚きも当然の反応だ。

長寿族《エルフ》、鋼人族《ドワーフ》、竜人族《ドラグナー》、獣人族《ビースト》、魚人族《マーメイド》……確かに対魔王の旗印を掲げて、協力し合っているものの足並みを揃《そろ》えるのは容易ではないはずだ。

これら全ての種族が制作に関わっていると考えると、その婚礼用具一式の価値は計り知れない。

「そ、そんな貴重なものを俺たちが使用していいんですか？」

「もちろん。そのために作られた逸品じゃぞ？　念のため、各種族の王にも連絡はしておるがの」

「返事待ち、というわけですか……」

「ウルヴァルト。もし許可が出なかったらその時は」

「――ワシが絶対に出させる。だから、安心して結婚式を楽しみにしておけばいい」

「……フッ、そうかい。ずいぶんと言うようになったじゃないか」

国王としての威厳を感じさせる発言にリュシカもそれ以上は突っ込まなかった。

「いつまでも子供扱いするんじゃないわい。……さて、ジン、レキ、ユウリ、リュシカ」

ウルヴァルト様は改めて姿勢を正すと――そのまま頭を下げた。

「お前たちはしっかりと役目を果たしてくれた。苦しみも、痛みも、辛《つら》さも全て堪《こら》えて、文字通り命を賭《と》してくれた。ならば、今度はワシらが報いる番じゃ」

そして、ウルヴァルト様は人の好い優しげな笑みを浮かべる。

「後はお前たちが平和にした世界で、ゆっくりと愛し合って暮らすがよい」

その言葉を聞いて、参加していないために幻のようだった魔王討伐の事実がやっと現実になったような気がした。

◇　◇　◇　◇　◇

ウルヴァルト様が用意してくれた部屋は今まで経験してきた中で最も広かった。

広いだけじゃない。

腰が沈み込むソファ。目が奪われるほど豪華なシャンデリア。ピカピカに光る大理石の床。

なにより目を引くのが天蓋付きのキングサイズベッド。

フワフワで、空に浮かぶ雲の上はきっとこのような感触なんだなと思わせる寝心地の好さ。

そんな部屋を人数分用意してくれたはずなのだが……。

「……どんなにベッドが大きいと言っても、やっぱり四人は狭いって」

「私はこれでいい」

「そうですよ〜。その分、ぎゅっとできるじゃないですか」

「そばで人肌を感じられるのはいいことだよね」

「……それはそうかもしれないけど」

俺たち全員、同じベッドに入っていた。

両隣をユウリとリュシカが固め、レキに至っては俺の上に乗っかる形に。

おかげで俺は身動きが取れなくなっている。

別の意味でもうかつに動けないが。

「ん……なかなかベストポジションにならない……」

「レ、レキッ。あんまりモゾモゾしないでくれるかな……？」

「……？　ジン、なにか硬くなって――」

「き、筋肉が張ってるのかも!?」

「まぁ、それはいけません！　私が確認しますね！」

「わ、私も治療するためには患部を触らないと……！」

「二人とも手を突っ込もうとするのやめて！　大丈夫！　大丈夫だから！」

嬉々《きき》として伸ばそうとした手を摑《つか》んで、なんとか到達を阻止する。

だが、その間もレキは動きを止めずにいた。

あぁ……あぁ……！　胸に生暖かい吐息がかかって、こそばゆい……！

密着しているせいでふにゅりと形を変えた柔らかな感触も途絶えない……！

そ、そうだ。こういう時は真面目《まじめ》なことを考えよう！

「い、いやぁ、それにしても結婚衣装に結婚指輪まで用意されていたなんて驚いたよな！」

「あれぇ？　もう張りは大丈夫なんですかぁ？　それとも違うところが張っちゃったとか

あ？」

ユウリが甘い声を出して、より密着度を上げた。

上のレキのみならず、右からもおっぱい攻撃が襲いかかってくる。

くっ、くそっ！　この性女……逃がすつもりがない。捕食者の目をしている……！

……こうなったら仕方がない。この手だけは使いたくなかったが……！

俺は左側でモジモジしているリュシカ——の胸元へと目線を向ける。

そのまっすぐな平坦《へいたん》を見て、俺は落ち着きを取り戻した。

「——ちょっと待て、ジン。どうして私を見て、安心した表情をするんだい？」

「ち、違うんだ、リュシカ！　だから、顔を摑むのはぁぁぁぁ!?」

アイアンクローを決められて、メキメキと変な音を立てる。

これでいい……！　これでいいんだ……！

やがて解放される頃にはすでにエロティックな雰囲気は消え去り、全員が寝る気分ではなくなったのでテーブルで紅茶を飲んでいた。

ふぅ……心も身も温まる。

「もうリュシカさんがジンさんの策略にハマるから……せっかく良い雰囲気になったのに」

「そ、そうは言うがな？　む、胸のことを弄《いじ》られたら流石にユウリも怒るだろう？」

「怒りませんよ？　豚と罵られても私は喜ぶので」

「同意を求める相手を間違えた……！」

「ユウリは無敵。私はジンに豚って言われたら悲しいかも……」

「大丈夫ですよ、レキちゃん。ジンさんはそんなこと言う人じゃありませんから。ね、ジンさん？」

「当たり前だ」

さっきのは致し方なく……いや、仕方なくでもやってはいけなかったか。

俺がもっと鋼の理性を持っていればよかっただけの話。

ここはもう一度、リュシカに謝ってフォローを入れておこう。

「リュシカ。さっきはすまなかった」

「ジン……」

「安心してほしい。俺はリュシカの小さな胸も好きだから」

「ジン……！」

あれ？　なにか言葉でも間違えただろうか？

リュシカの目が笑っていない気が……。

これ以上、この話題を続けてはいけないと脳が危険信号を送ってくるので、すかさず話題を変えることにした。

「しかし、楽しみだよな。伝統の結婚衣装」

「うん。私のサイズもあるみたいでよかった」

「私のまであるらしいからね」

「何でもいろんな体型の女性と結婚したからだとか。昔の勇者様はすごかったんですねえ」

こら、そこ。チラチラこっちを見ない。

すごかったのは勇者様でその血を引くのはレキなんだから勘違いしないように。

「結婚指輪も各種族の平和の証《あかし》として大事に保管されているみたいですし、貴重な体験ができそうで私は嬉《うれ》しいです」

「本番当日までお預けなのが悲しいよ」

「それほど貴重なんだろうね」

「それよりも明日からの勉強が憂鬱……」

しょんぼりとテーブルにほっぺたを載せるレキ。

実を言うと俺たちは結婚式までの間、王城で勉強することになった。

特に俺とレキは農村出身でまともな教育を受けられずに魔王討伐の旅に出たため、厳しいものになるらしい。

今回ばっかりはレキに同意だ。

マナー講座もあるらしいが、全くできる自信がない……。

「みんなに見られるわけだから適当にはできないからね。私も教えるし、頑張ろう」

「うん……」

「これを乗り越えたら結婚式。そして、夢の新婚生活です。気合いを入れましょう！」

「新婚……私、頑張る！」

どうやら死んでいたやる気メーターは復活した様子。

要因が俺との結婚生活なのが、ちょっと嬉しい。

「そういえば村で【狂骨竜人】を一ヶ月放置することになるけど大丈夫なのか？」

「問題ないよ。ここからでもちゃんと指示は出せるから。家づくりだけじゃなくて農作業も手伝うように命令してある」

「さすが【賢者】のリュシカさん。そうやってお義父《とう》さまとお義母《かあ》さまのポイントを稼ぐつもりですね」

「そそそそんなことないよ？　暮らすことになる村の発展を考えてだね……」

「最初に抜け駆けしたのもリュシカさんでしたもんねー」

「いやらしい女」

「レ、レキ!?　その言い方は酷《ひど》くないかい!?」

「やーい、リュシカいやらしい～」

「お尻が安産型～」

「いやらしいってそっちの意味じゃないだろう!?」

それから三人はわいわいと楽しく騒ぎ出す。

その様子を眺めながら、俺は少し冷めた紅茶を口に運ぶのであった。


ちなみにこの時わずかにあった余裕は一ヶ月間同じベッドで寝なければいけなくなった事実に気づいた瞬間、綺麗《きれい》に消え去った。

「き、き、来ちゃった……」

フードを深く被《かぶ》ったヒナはキョロキョロと辺りを見回す。

だけど、誰もヒナの正体に気づいた人間はいない。

ヒナがヒナだとわかれば大騒ぎになっているはずだから。

だって、ヒナはあの邪知暴虐の化身と呼ばれた魔王！　カイザーの娘なのですから！

「いっぱい迷ったけど諦めなかったかいがあったわ……！」

軟弱になったお父様の姿を見てから、魔王城を飛び出して約十日……。

王都の存在は知っていても、王都までの道のりは知らなかったヒナは全く違う国に行ったり、ずっと海の上を飛び回ったり……。

とにかく酷《ひど》い経験をしたわ。

だけど、諦めずに頑張ってたどり着けたのは王都にはメオーン王国随一の大書店があるから……！

も、もちろん人類を滅ぼすのも大切だけどせっかく王都に出たからには、ここだけは寄ってみたかった。

なぜなら、ヒナが愛読している『弱いと言われる後衛術士ですが実は……！　～頼りないあいつが見せる戦場での凛々《りり》しい姿～』はここでしか売っていない！

この本の素晴らしいところはなんと言ってもヒーロー役の後衛術士・ジュンの見せるギャップ。

普段は頼りない人の好い笑顔を浮かべているのに、主人公がピンチになるとキリッと顔つきが変わって凛々しくなる。

これがたまらないんですわよね～。

例えるならば、守ってあげたくなるような子犬がけなげに頑張っている瞬間……何度読んでもいいですわ。

パルルカに調べさせたところ、この本の売れ行きはあんまり芳《かんば》しくないとかで、大手である王都の大書店でしか手に入らないらしく……。

そして、その最終巻が発売されると聞いて、ヒナはジッとしていられなかった。

たまたまパルルカが滅ぼした村で拾ってきたこの本とも付き合いは長い。

今まではパルルカが見つけてくるまで我慢していましたけど、最終巻だけは血で汚れていない新品がほしかった。

「い、行きますわよ……」

絶対に外套《がいとう》が脱げないようにフードを手で押さえながら歩き始める。

ヒナの頭にはお父様と同じ角が生えている。まだ小さいけれど、見られたらすぐに魔族だとバレてしまいますわ。

別に暴れるのに抵抗はないけれど、最新刊を手に入れるまでは大人しくするつもりだった。

「え、えっと……多分こっちのはず……」

「う〜ん……次は右に行こうかしら……」

「……あれ？　ここ、さっきも通った気がする……」

こ、これはもしや……。

「迷子ですわ……！」

大書店を目指して数十分。ヒナはものの見事に迷子になっていた。

「どうして王都はこんなに広いのよ……！」

地図らしきものもありませんし、困りましたわね……。

それにしても王都にいる人間がここまで冷たいとは思いませんでしたわ！

確かに身なりはちょっと、ほんのちょこ〜っと怪しいヒナですが、話しかけても避ける奴《やつ》ばかり。

おかげでまだ大書店にはたどり着けず……。やっぱり人間は滅びるのが一番ですわね。

「う〜ん、どうしようかしら……」

目立たないように裏路地で今後のことを考えていると、

「おい、てめぇ。どこのもんだ。さっきからブツブツと怪しいな」

ずいぶんとがさつな見た目の大男がヒナに向かって話しかけていた。

「どうせ田舎《いなか》上がりの貧乏人だろ？　そのローブ、かなりボロボロだしな」

ニタニタと下卑た笑みを浮かべる男を見て、「ああ、こいつはヒナを弱者だと思って見下しているんだ」ということはわかった。

ヒナの仲間が人間をいたぶる前の表情とよく似ていたから。

だとすれば面倒くさいことになりましたわね。

別に血祭りに上げてもいいけれど、後始末が面倒くさい。

外套にこの男の血がついたら、もう街を歩くことはできない。つまり、本が手に入れられなくなる。

静かな場所を探して、人気《ひとけ》のない裏路地を選んだのも間違えましたか。

王都といえど、まだまだこういうところにはいるんですのね～、ごろつきが。

「おい！　さっきからなに無視してやがんだ、てめぇ！」

「キャンキャンとうるさく吠《ほ》える犬ですわね……」

「このガキ……舐《な》めやがって！　殺すぞ！」

男は大きく拳を振りかぶる。

思わずあくびが出てしまうほどに遅い。

よくこんなノロマがヒナを殺すなんてほざけたものですわ。典型的な図体《ずうたい》だけの男って感じですわね。

……仕方ない。騒ぎになってしまいますけど、本を手に入れられなくなるよりはマシ。

ここは一つ、腕をへし折る程度に収めてあげましょう。

そう決めたヒナは男の拳が降ってくるのを待ち——

「おい。いきなり暴力はマズいんじゃないか？」

——待って、振り下ろされることはなかった。

ローブを身に纏《まと》ったもう一人の男に腕を摑《つか》まれたから。

「な、なんだ!?　クソッ、腕が動かねぇ!?」

自分の腕が摑まれていることを認知していない……？

……あぁ、なるほど。

ローブに《認識阻害》の魔法をかけてあるのか。

それもずいぶんと高レベルのもの。あのローブ一着でとんでもない額の金銭が動く代物ですわ。

ヒナレベルでないと存在すること自体、見抜くことはできないでしょうね。

「このままご退場願おうかっと」

「うわぁぁぁぁっ⁉」

大男は自分が何者に動かされているのかもわからぬまま投げ飛ばされる。

……ふむ。見事な一本背負い。

相当な鍛練を積んでいるのが体さばきでよくわかる。これだけのローブを持っているのも納得ですわ。

「ゆ、幽霊だぁぁぁ‼」

ぷっ……情けねぇですわ～。

顔を真っ青にさせながら己の未熟さを叩《たた》きつけられた大男は尻尾《しっぽ》を巻いて逃げ去っていく。

さて、あとはヒナを助けてくれた御仁が去るのを待ちましょうか。

別に助けなど必要ありませんでしたが、その心意気を評して今回は見逃してあげましょう。

あんなローブを着ているということは正体を見られたくないのでしょうし、お礼もいらないですわよね。

さぁ、さっさと去り――

「あ、あの……!!」

――思わずヒナは彼を呼び止めていた。

たどたどしい人間語で、ちゃんと発音できているかも怪しい。

それくらい興奮と緊張を覚えていた。

彼もまさか自分が呼び止められているとは考えず、周囲を見渡してヒナと目が合っていることに気がついた。

「えっと……俺？」

ブンブンとヒナは首を縦に振る。

「あれ、おかしいな？　他人には認識されないはずなんだけど……？」

彼が首をかしげるのも仕方ないでしょう。

ヒナじゃなかったら、彼の善行は決して誰に知られることもなく終わっていた。

だけど、ヒナだから彼に気づけた。

そう。逆説的に言えば、これは……運命ですわ～!!

「あの……あの……」

一つだけ確かめたいことがあった。

呼び止めた理由もそれが知りたかったから。

もし……もし、あれがヒナの見間違いじゃなければ……。

「フードを外してもらっても……?」

ヒナがそう言うと彼はなぜか諦めたような表情になり、すんなりと被っていたフードを外す。

「ハハッ。バレちゃったかぁ」

あらわになる黒い髪。ふんわりと真ん中で分けられた髪型。優しさを感じさせる瞳。

お人好《ひとよ》しそうな笑みに覇気を感じさせない態度。

到底荒事なんてできそうにないのに困っているヒナを助けた時には歴戦の猛者《もさ》の雰囲気を漂わせていた。

「……すごい」

「ごめんね。このことは内緒に」

「すごいですわ〜!!」

「うえっ!?」

ヒナはグルグルと彼の周りを回って、あちこちから容姿を確認する。

あぁ……端から端まで、『弱いと言われる後衛術士ですが実は……！　〜頼りないあいつが見せる戦場での凜々しい姿〜』のジュンにそっくりですわ〜！

すごいすごい！　こんな奇跡があるのかしら！

も、もしかしてモデルはこの方なのでは!?　と思ってしまうくらいにピッタリですの。

「えっと……それで君はどうしてこんなところにいるの？　宿泊施設なら反対側の商業エリアにあるんだけど……」

「……はっ！　そうでした。実はヒナ、迷子になっていまして……」

「あぁ、そうだったんだ。よかったら案内しようか？」

な、なんてお優しいんですの。

やっぱりこの方、ジュンのモデルなのでは……？　他の人間どもとは違いますわね〜。

しかし、助けてもらった身で彼にこれ以上迷惑をかけるわけにはいきませんわ。

なにせ今のヒナは歩く爆弾。もし一緒に歩いている時、ヒナが魔族とバレてしまったら彼まで怪しまれてしまうでしょう。

最悪、人間たちから迫害されるやも……ん？　……そうなったらヒナが魔王城まで彼を連れ去ってあげれば問題ないのでは……？

「……？」

い、いけませんわ、ヒナ！　そんな恩を仇《あだ》で返す真似《まね》は魔王族の恥ですわよ！

奪うなら正々堂々正面からですわ！

こんな怪しい格好をしたヒナに純粋な瞳を向けてくるこの方を騙《だま》すなんてできませんわよ！

「行きたい場所の名前はわかるかい？」

「は、はひっ！　実は大書店に……」

「なるほど。それなら意外と簡単だよ」

「本当ですの!?」

「ちょっとだけ待っておいてね」

フードを被《かぶ》り直したジュン（仮）は紙を取り出すとサラサラとペンを走らせていく。

「はい、これ。大書店までの道のりを描いておいたから」

「あ、ありがとうですわ」

「本当なら案内してあげたいんだけど、俺も買い物の途中で。ごめんね？」

「そんなことありませんわ」

だって、こんなに優しくされたのはヒナ、初めてですから……。

「じゃあ、またどこかで会えたらいいね、ヒナさん」

「っ！　あ、会えますわ！　その時に必ずお礼はしますわよ！」

「ハハッ、期待してる。それじゃあね」

ジュン（仮）はヒナに手を振って、この場を後にする。

その後ろ姿をヒナはぼうっと見つめていた。

……いい。すごくいいですわ、彼……。なんと庇護《ひご》欲を刺激する方なのでしょう。

ほしい。とってもほしくなってきました。

「ヒナお嬢様！」

彼の背中が見えなくなるまで見つめていると、やがて聞き覚えのある声がヒナの名前を呼んだ。

振り向けば同じようにローブを身に纏ったパルルカがいた。

「あら、パルルカ。どうしてあなたも王都に？」

「魔王様のご命令でヒナお嬢様を追って来たんです。どこに潜伏していらっしゃったのですか？」

「潜伏？　ヒナは今日着いたばかりですわよ。迷っていたから」

「……お嬢様のお馬鹿加減を舐めていたかもしれません……。道理で探しても見つからないわけです……」

ブツブツと一言、二言呟《つぶや》いているパルルカ。

彼女はよく考え込む癖がある。何事も思ったまま素直に行動するのが良いに決まっておりますのに。

「……って、そんなことはいいんです。体に異変はございませんか？」

「異変？　あるわけないじゃない。何をおかしなことを言っているのかしら」

「おかしいのはお嬢様です。さっきの男、ジンといって勇者パーティーの一員なんですよ⁉」

「なんですって⁉　お名前もそっくり⁉」

「えっ、名前……？」

「ま、間違えましたわ。あ、あんなにも素敵な方が勇者パーティー……？」

「えっ、素敵な方……？」

「そっちは間違えていませんわよ」

「ヒナお嬢様⁉」

ありえませんわ……！

どう考えてもお父様を倒した女たちとは正反対の……はっ⁉　ま、まさか……！

「さぁ、ヒナお嬢様。お目当ての本を買いましたら、一度魔王城に戻りましょう。魔王様も心配しておられます」

「……いいえ、パルルカ。もう一つ、ほしいものができましたの」

「もう一つ……え、まさか……あの男、なんて言わないですよね。お嬢様……」

「その、まさかですわよ〜！」

ヒナ、わかってしまいました。

ジン様は勇者パーティーで奴隷扱いされているのですわ！

同じパーティーメンバーなら買い物にだって一緒に行くはず！　それなのに彼ばかりに押しつけて……。

きっとあの女たちは今ごろお父様を討伐した褒賞で自分たちだけ豪遊しているに違いありません！

ジン様はお優しいので文句の一つも言わずに受け入れているのでしょう。なんとおいたわしく――弱くて可愛《かわい》いのかしらっ。

このヒナが守って差し上げなくてはいけませんわね！

「や、やめましょう！　あの男をさらったら勇者パーティーが全力で止めに来ます！」

「あら？　なぜ？」

「あと十日もしないうちに勇者パーティーの結婚式が行われる予定なんです。その新郎はジン一人。つまり、全員がジンと愛し合っている証拠なんですよ」

「ちっちっち。それは違いますわ、パルルカ」

彼は結婚という名の奴隷契約を結ばれそうになっているだけ。これからも自分たちの手元から逃がさないように。

そもそも本当に愛し合っているのなら誰か一人に絞られるはず。

『弱いと言われる後衛術士ですが実は……！　～頼りないあいつが見せる戦場での凛々《りり》しい姿～』の主人公も真に愛する者はジュンだけと言って、彼のみを愛し続けていましたもの！

そんな一生奴隷扱いされる契約を結ぶ前にヒナと彼は出会った。

そして、彼は私の愛読書に出てくるヒーローそのもの。

これは悪魔神様のお導きに違いありません。

ならば、応えてみせるのが魔王の血を継ぐ者としての使命！

「決めましたわよ、ヒナ」

「だいたいは予測できますが……なにをでしょうか？」

「ジン様も魔王城まで連れて帰ります！」

「はぁ……やっぱりこうなってしまった……。魔王様の説得はどうなされるんです？　今の魔王様がお許しになると思いませんが」

「人間と仲良くするためにはまず人間のことを知らねばなりませんわ！　こう言えばお父様もきっと理解してくれるはず！」

それにこれはただの誘拐ではありません。

ジン様を救うための誘拐！

これでお父様が文句を言ってきても完全に論破できましてよ！

「絶対に連れて帰りますわよ～！」

「もうやだ……私、お家《うち》に帰りたい……」

「何をめそめそしておりますの。そうと決まれば早速作戦会議ですわ。あなたが潜伏していた場所に案内しなさい」

そうですわね。ヒナの初陣でもありますし、どうせなら魔王の娘としてド派手に登場したいですわよね。

結婚式をやっている最中なんて最高じゃないかしら。誓いのキスをする前に空から飛び降りて颯爽《さっそう》ととらわれのジン様を連れ去ってみせますわ。

「完璧ですわね」

「私にはわかります。絶対にろくでもないことを考えていると……」

うふふ、待っていてくださいね、ジン様。

この魔王の娘であるヒナが地図のお礼に救って差し上げますわ〜。

……あっ！　先に最新刊を買いに行かなくては！

◇◇◇◇

「……さっきの子、ちゃんとたどり着けたかなぁ」

「ジン。どうかした？」

「ううん、なんでもないよ。続きをしようか」

「手加減はいらない。全力でかかってきて」

「レキ相手に手を抜いたら、一瞬でやられちゃうよ」

ちょっとした買い物から帰ってきた俺は王城の広々とした中庭で、レキと手合わせをしていた。

ここ数日、勉強ばかりで溜《た》まっていたレキの鬱憤を晴らしてあげようという魂胆だ。

ちょうどいいリフレッシュになっているみたいで、頭がショートしてとろけていた表情も元に戻ってきている。

「えいっ」

可愛いかけ声からは想像できない速さの横薙《よこな》ぎが振るわれた。

対して、俺は握っていた小刀を【聖剣】の刀身に当てて、滑らせるように軌道をそらして威力を流した。

俺の加護【早熟】は他者よりも若い頃の成長速度が速くなる分、伸びしろが少ないというハンデを抱える。

だけど、この【早熟】のすごさはどの分野においても発揮されるという点だ。

魔法を学べばいわゆる中級魔法まではすぐに習得できるし、体術を学べば達人には及ばないものの戦闘で活《い》かすには十分な体さばきを覚えられる。

一つのことを極められないならば手札の数を増やせばいい。

それがレキたちの役に立ちたいと思った俺が選んだ道だった。

「やるぅ。じゃあ、今度はこんな感じ」

「うおっ……！　【氷剣召喚《アイス・ブレード》】！」

レキが剣を振るう速度を上げてきたので魔法で氷の剣を作り出して、二刀流で彼女の斬撃を全てしのぐ。

一手でも順番を間違えれば一瞬で均衡が崩れる手数。よっぽどレキも体を動かしたかったんだろうなぁ。

「うん、やっぱりジンはやっぱり小回りの利く武器の方がいいね」

数十手と受け続けたところでレキは攻撃をやめた。

どうやら満足いったみたいだ。

その様子を見て、俺も大きく息を吐く。

レキとしては軽くでも、俺にとっては気を抜けないやりとり。呼吸の隙一つであっという間に展開を持っていかれる。

「手先が器用なのが取り柄だからな」

「でも、もっと攻め気はあった方がいい。最初からジンは受け身すぎる」

「うっ……思い当たることがありすぎる。気をつけます」

レキの言うとおりなんだよなぁ。

ついつい自分よりも強者とやっているせいか、自然と守勢に回っている気がする。

どうしても勝とうと思うと強者にはカウンターが有効だからな。

でも、確かに攻め気を見せないと相手を勢いづかせることになるし、自分から苦しい展開に持ち込む必要もない。

攻守バランス良く行えるように意識しておこう。

「いい子いい子」

レキが背伸びして頭をなでてくれる。

ちょっとだけしゃがみ込むと、彼女もなでやすくなったようで満足気だった。

「お二人ともお疲れ様です。はい、タオルどうぞ」

「お昼ご飯におにぎりも握ってきたぞ」

「「わーい」」

ユウリとリュシカも合流して、芝生《しばふ》の上での昼食となった。

王城内だけあって、しっかり手入れがされておりシートを敷かなくてもふかふかで気持ちが良い。

「レキ。おにぎり食べる前に手洗い」

「ん、そうだった。お願い、ジン」

「はい、【水流《ウォーター》】」

「冷たくて気持ちいい」

手を洗ったレキはそのままパシャパシャと顔の汗も流す。

「ジン。あれやって。風で気持ちいいやつ」

「ん、いいぞ。【清風《ウインド》】」

「あ～、ひんやりして生き返る～」

魔法の風を浴びるレキの反応は純真な子供みたいで可愛い。

俺も昔はよく父さんとこうやったよな。

暑い日に頭から水ぶっかけて、互いに木板を振って涼を取っていたっけ。

そんな俺たちを熱い視線で見つめるのが一人。

「どうかしたか、リュシカ？」

「リュシカもやりたい？」

「私は汗をかいていないから大丈夫。いや、本当にジンは器用だと思ったから。確か他の属性の魔法も使えたよね」

「ああ。できるに越したことはないし。とはいっても上級は無理だけどさ」

そう言って、俺は手のひらに次々と別の属性の魔法を出していく。

【火球《ファイアボール》】。【雷球《サンダーボール》】。【土球《サンドボール》】。【光球《ライトボール》】……。

それぞれの属性には特徴があって、使えれば使えるほど様々な状況に対応できる。

特に俺が好んでいるのが光属性魔法。

攻撃よりも支援に長《た》けていて、まさに俺にぴったりだからである。

「普通は一つ。多くても二つに絞るんだよ。中途半端になっちゃうからね。だけど、ジンのレベルまで使いこなせたら、相手にとって脅威だろうな」

「なんで？」

「どんな魔法が飛んでくるのか、わからないからさ。相手にとって攻撃手段が読めないのは苦労させられるだろうね」

「……なるほど。そういう使い方もあったのか……」

「ジンが私たちのために動いてくれていたのはわかるけど、もっと自由でもいいんだよ」

「ハハッ。まさか魔王討伐が終わった後に学べるとは……。教えてくれてありがとう」

「ううん、私こそジンのサポートに甘えていたところはあったから。魔王討伐も終わった今なら新しい戦い方に挑戦するのもいいいと思ったんだ」

「後出しみたいですが……私たちがパーティーから外したのはあくまで魔王が相手だからであって、幹部クラスなら十分に通用します」

「うん、ジンは自信持っていいよ」

そう言って、レキはあぐらをかいている俺のひざの上に座る。

この面子《メンツ》にここまで言われて自信を持てない男がいるだろうか。

聞けば聞くほど、俺の思考が凝り固まっていたという事実を思い知らされる。

……いつからだっけ。みんなのサポートに徹するように動くことばかり考えるようになったのは。

別にそれが嫌だったわけじゃないし、パーティーの一員としてみんなの役に立つ喜びもあった。

だけど、今後はそういった思考に縛られずに動くのもいいかもしれない。

「……なんだか二人のアドバイスを聞いていたら、クエストでも受けたい気分になってきたよ」

「賛成。結婚式が終わったら冒険者登録して、クエスト受けに行こう」

「ここ最近、私たちも体を動かしていなかったしね。体がなまっていないか心配だ」

「いいですね。お弁当を作って、ちょっとしたピクニック気分で楽しいと思いますよ」

「じゃあ、決定。ワクワク」

「そのためにもレキちゃんは午後のお勉強頑張りましょうね」

「うっ……ジン～」

「ハハッ、俺も一緒にやるから。レキも頑張ろう」

「……うん。勉強嫌いだけど、ちゃんとやる」

「レキはえらいな」

先ほど彼女がしてくれたように頭をなでてやる。

レキは目を細めて、少しくすぐったそうに身をよじった。

「ジンさん。私のここもなでていいんですよ？　ほら、ツンツン」

「こんな開けっ広げな場所で堂々と胸をなでる馬鹿はいないと思うよ」

「……そんなになでてほしいなら私が代わりにやってあげようじゃないか、ユウリ」

「えっ、あっ、ちょっとリュシカさん!?　そんなに乱暴にするのはダメ!?　取れちゃいます！　取れちゃいますから！」

「ちょうどいいじゃないか！　私の気持ちを思い知るといいさ！」

「さっ、レキ。そろそろ城の中に戻ろうか」

「ん。二人も楽しそうだし」

「お二人とも!?　わ、私が悪かったですから助けてください！　この人、本気で引っ張ってます！」

助けを求めるユウリを放って、俺とレキは王城の中へと戻る。

それから芝まみれになった二人が戻ってきたのは三十分ほど経《た》ってからだった。

Life 1-4　一生に一度の結婚式

これまで戦いに明け暮れていた俺たちにとって、机に向かって本とにらめっこする座学は慣れないことだった。

集中力を使う分、時間の進みも早く感じられてあっという間に日は過ぎていった。

勉強の合間、合間に結婚式についての段取りも話し合っていく。

俺たちの要望を伝えて、王国側はそれを取り入れてスケジュールを組んでくれる。

ウルヴァルト様の言ったとおり、至れり尽くせりで準備は進められた。

その結果、眼前に広がるのは大通りの中央にひかれた真っ赤な絨毯《じゅうたん》と観衆の乱入を防ぐための木の柵。

勇者パーティー結婚式前夜。

ウルヴァルト様の通達によって、今夜は全ての店は日が沈む頃にはのれんを仕舞《しま》い、外出も禁止となっている。

だから、俺たち四人は――リュシカお手製のローブを羽織っているが――気楽な気持ちで王都の入り口から続くレッドカーペットを歩いていた。

「……明日はみんなの前でここを歩くんだよな」

「きっとすごい熱狂だよ。ほら、あそこを見てごらん」

リュシカが指さす先には視界に収まり切らないほどの屋台が並んでいた。

屋台は申請後の抽選で大通りから枝分かれしている横道へと配置されるらしい。

「商人があれだけ押し寄せてくるということは集客が見込める証明さ。それだけ人々が詰めかける予測を誰もがしている」

「国王様は王城近くの場所で店を開く権利を有料で販売したのですが、一瞬で完売だったみたいです」

「ハハッ、ウルヴァルト様も商売上手《じょうず》だな」

「でも、嬉《うれ》しいですよね。これでスカスカだったら、私は今後恥ずかしくて表舞台に出られません」

「それは俺もそうかも」

だけど、現実は違う。みんなが俺たちを、魔王軍幹部を打ち倒し、邪悪の根源である魔王を討伐した英雄たちを求めている。

思い返せば俺たちって結成式以外は秘密の入り口を使ったりしていたから、こうやって堂々と表舞台に出るのは久しぶりなんだよな。

王都は最も戦場から遠い場所だし、ここにいる人々はずっとウルヴァルト様が発表する情報でしか勇者パーティーについて知らないはずなのに……。

「ジン。緊張してる？」

「……ちょっとだけな。レキは平気そうだな」

「うん。だって、これは私の夢だったから」

レキはタタタと小走りして、俺たちの前に立つと小さな手を目一杯に広げた。

「明日、ここで私たちは結婚して本当の家族になる」

そう告げるレキの笑みは女神様にさえ勝るような美しさがあった。

あふれ出る喜びが抑えきれない様子だ。

「ジンも。ユウリも。リュシカも。私の大好きな人たちと家族になれる」

家族にひどい扱いを受けた彼女だからこそ、今の言葉には特別な意味が込められている。

しっかりとレキの想《おも》いは俺たちにも伝播《でんぱ》していく。

「私の嬉しいことを、ここを埋め尽くすいっぱいの人がお祝いしてくれる。こんなに幸せなことはないと思うから」

彼女の言葉に俺たち三人は顔を見合わせる。

全員が柔和な微笑《ほほえ》みを浮かべていて、みんなでレキに駆け寄った。

「私も幸せだぞ、レキッ！」

「明日は最高の日にしましょうね、レキちゃん！」

「嬉しいこと言ってくれるじゃないか！　俺、ちょっと嬉しくてうるっときちゃったよ……！」

「わぷっ……く、苦しい……」

「今だけは甘んじて受け入れておけ！」

明日は絶対に楽しもう。

誰がなんと言おうと俺たちが主役なのだ。

こんな機会、何度人生をやり直しても味わえるものじゃない。楽しまなくちゃ損ってものだ。

そのままレキをもみくちゃにした俺たちは絨毯の上に大の字に寝転がる。

「……星がきれい」

夜空に浮かぶ星々の輝きは俺たちを一足先に祝福してくれているようだった。

◇　◇　◇　◇　◇

「『うぉおおおおおっ』」

「ふふっ、二人とも楽しそう」

「予想していたよりも遥《はる》かに多いじゃないか。……魔王討伐がどれだけの偉業か思い知らされるよ」

俺たちは王城の中から眼下に広がる景色を眺めていた。

押し寄せた大群衆はぎゅうぎゅうとひしめき合い、城の中にいても彼ら彼女らの声援が届く。

「あそこ見て。私の仮面被《かぶ》ってる子いる」

「ハハッ、本当だな。おっ、あっちには俺たち全員の絵が描かれた旗を持ってる人がいる」

「わっ、すごく可愛《かわい》く描かれていますね」

「時間までまだ一時間以上もあるのに本当にすごい熱気だ」

「これからまだまだ増えるぞ。よその土地から来る者もいるじゃろうからな」

「あっ、国王きた」

ガッハッハと集まった国民の数を見て、笑いを抑えきれない様子のウルヴァルト様。

本日は結婚式の神父役をなんとウルヴァルト様自らが務めてくださるのだ。

俺たちは文字通り、一国の王が認めた公認の夫婦となる。

「いやぁ、快晴でなによりじゃの。女神様も祝福されておるわ」

「これも魔王を討伐したご褒美かもしれませんね」

「違いないわい。さて、ワシがここに来た意味はわかっておるの？」

ウルヴァルト様がポンと俺の頭に手を置く。

もちろんだ。俺たちはまだ普段と変わらない服装だから。

「おぬしらの衣装の準備ができた。それぞれ用意した部屋に行きなさい」

ウルヴァルト様の後ろを見ると、それぞれ案内役の守衛と使用人がずらりと並んで頭を下げていた。

「あの者たちはみな長年ここで働いている仕事の腕も、信頼もあるベテランばかりじゃ。任せておけばおぬしらに恥をかかせる心配はない」

『本日はよろしくお願いします』

声一つ、姿勢一つとっても揃《そろ》った彼ら彼女らの姿を見れば、ウルヴァルト様の言うことも理解できる。

「着替えた後の流れは各自理解しておるな？」

その問いかけに俺たちは頷《うなず》き返す。

「支度が済み次第、ここに戻ってきてからリュシカの魔法で王都の入り口に転移。向こうで待機している守衛さんたちと共に王城まで歩いて戻って、正門をくぐり抜けた先で誓いを交わし、指輪を交換し合う……ですよね？」

「うむ、完璧じゃ。何も心配はいらんようじゃの」

ここまで何度も頭に叩《たた》き込んできたスケジュールだ。

祝ってもらう立場の俺たちが手を抜くなんてのはあり得ない。

「さすればワシはもう下に降りる。主役よりも後から登場というわけにはいかんからな」

そう言って、ニッとニヒルに笑うウルヴァルト様。

本当にここまで尽くしてもらって感謝の言葉はいくら言っても足りない。

気がつけば俺は頭を下げていた。

「頭を上げい、ジン。今日はメオーン王国の未来につながるお前たちの晴れ舞台だ。老いぼれは前座で湧かしてこいくらいの気持ちでおらんか」

「そんなの一生かかっても無理ですよ！」

「ガッハッハ！　例えじゃよ。——さぁ、行ってこい、可愛い孫たちよ。ワシは下で楽しみに待っているからの」

それだけ言い残して、ウルヴァルト様は部屋を出て行く。

……すごいな。こんな人に俺も将来なりたい。

賢王と呼ばれ、国民に愛される人間の威厳とカリスマを胸に刻まれた。

「……行こ、ジン」

レキがそっと隣に並んで俺の手を握る。

「そうですね。国王様もずいぶんと楽しみにしているみたいですし」

「私の花嫁姿でビックリさせてやろうじゃないか」

「……それはちょっと違うんじゃないか？」

「えっ……？」

「一つだけ言っておくけどな——みんなのドレス姿をいちばん楽しみにしているのは花婿の俺だから！」

その宣言を聞いたレキたちは大きい瞳をパチクリとさせた後、ニンマリといたずらをする子供のような笑みを浮かべた。

「フフッ、それじゃあ楽しみにしているジンさんのためにとびきり可愛くなってこないとダメですね」

「うん、世界でいちばん可愛くなってくる。ジンが惚《ほ》れ直しちゃうくらいに」

「もう私たち以外、眼に入らないくらいにしてあげるから覚悟しておくんだねっ」

「ああ！　めちゃくちゃ期待してるから！」

それぞれに対して宣戦布告のようなやりとりをした俺たちはひとしきり笑った後、使用人さんたちにそれぞれの衣装が用意されている部屋に案内される。

歩き慣れたはずの廊下が長い。

「こちらがジン様の衣装を用意している部屋でございます」

「ありがとうございます」

この扉の向こうに初代勇者様が着た花婿衣装が……。

初代勇者様は男性だった。自然と今回、そちらを着用するのは俺となる。

すぅ……と短く息を吐いた俺は勢いよく扉を開けた。

視界に飛び込んできたのは、穢《けが》れなき雪のように白いマント。施された金の装飾は未《いま》だ新品のようにまぶしいくらい輝きを放っている。

スーツとズボンはマントが映えるように正反対の漆黒で染め上げられていた。

遠目でもわかる。ほつれ一つない。

どれだけ厳重に保管されてきたか。目の当たりにして衣装自身が持つ歴史の重さを感じた。

「っ……」

お前にこれを着る資格があるのかと問われているような気分になる。

……確かに俺は勇者様のように魔王をこの手で討ち滅ぼしたわけじゃない。

せいぜいが【勇者】《レキ》たちの手助けをしただけで、成し遂げた偉業としては負けているだろう。

だけど、花嫁を……レキ、ユウリ、リュシカを愛する気持ちだけは負けているつもりは……いや、勝っているとさえ自信を持って言える。

「勇者様……本日だけ、あなたの大切な衣装をお借りします」

俺は上着を脱ぎ捨てると、そっとスーツに触れる。

それからゆっくりと、だけど迷いなく袖を通した。

「…………」

特に異常もなく、肌になじむような感覚。

ただ服を着るという当たり前の行動なのに、自分を認めてもらえたような気がした。

「……ありがとうございます」

――そう呟《つぶや》いた瞬間、スーツはまるで俺の体に合わせるかのように縮んだ。

「えっ!?」

声を上げたのはお手伝いをしてくれる使用人の彼女。

一方で俺は納得している節があった。

「……なるほど。各種族の平和の証《あかし》か」

この衣装には六種族の素材が使われ、その技術が施されているのだろう。

着用者のサイズに自動で調整されるのは長寿族の魔法。

汚れ一つもないのは竜人族のうろこを生地に使っているから。彼らのうろこは害を及ぼすものを全てはねのけるという。

ズボンを留《と》めるベルトに使われている素材は鉄をも砕く硬さを誇る獣人族の牙。

輝きを失わない金の装飾は鋼人族の技術によって。その装飾の中央――羽織ると心臓部分にあたる箇所にはめ込まれている宝石は王族でさえ手に入れるのが困難とされる魚人族の涙。

そして、それらを全て結びつけて、衣装を完成させたのは人間だ。

ハハッ、なるほど。どんなサイズでも用意があったからくりはこういうことか。

今ごろレキたちも俺と同じようにこの仕組みに驚いているかもしれないな。

「ジ、ジン様。お体に異変はございませんか？」

「はい、問題ないです。すぐに着替えを終えるので、化粧の用意をしてもらっていいですか？」

「わ、わかりました」

俺は残っていたズボンを穿くと、椅子に座る。

目を閉じて、使用人さんが整えてくれるのを待った。

そうして十数分が経《た》っただろうか。

使用人さんから「終わりました」と告げられた俺はゆっくりとまぶたを開ける。

すると、目の前の鏡に映ったのは本当に俺なのかと疑うくらい変貌した姿だった。

眉毛は整えられ、顔色もいつもよりいい気がする。

化粧ってすごい……！

「せっかくの晴れ舞台ですので、ジン様らしさも残しつつ凜々《りり》しく仕上げさせていただきました」

「だから、髪型はさわっていないんですね」

「はい。ジン様にはこちらの髪型がお似合いだと思いまして……まだ時間に余裕はありますが、いかがなさいますか？」

「大丈夫です。格好良くしてくださってありがとうございます」

「喜んでいただけたならば幸いです。さぁ、最後にこちらを」

そう言って使用人さんはマントを手に取って、渡してくれる。

それを羽織るとずり落ちないように首元でヒモで結んだ。すると、スーツ同様に自動でサイズを調整してくれる。

改めて鏡で全身を見るが、少なくとも着こなせずにダサい……という結末は逃れられたみたいだ。

マントの端をつまんで、ファサと広げてみせる。

「とても様になっておられます」

「……本当ですか？」

「はい。国王様への忠誠に誓って」

「ありがとうございます。すみません、着慣れないもので自信がなくて」

「奥様方にお見せするのが楽しみですね。きっと『素敵』だと褒めてくださると思いますよ」

「ハハッ、そうだと嬉《うれ》しいですね」

……実は自分の衣装への反応よりも三人のドレス姿を早く見たくて仕方がなかった。

「奥様方はまだお時間がかかりますので準備ができ次第、呼びに参ります。今しばらくお待ちくださいませ」

使用人さんは一礼して部屋を出て行く。

一人きりになり、椅子に座った俺は自分を落ち着かせるために深呼吸をした。

……俺でさえこんなに格好良く変わったんだ。

元の素材が抜群に良い三人が王国一の使用人さんたちに化粧をされたら、どんなに美しくなってしまうんだろうか。

数少ない知識をフル稼働させて、三人の様々なドレス姿を思い浮かべていく。

たとえどんなドレスだったとしても間違いなく世界一は確定だろう。三人とも世界一だ。

俺がそう決めた。

問題は俺がみんなを見て、意識を保てるかどうかだ。

魔王討伐前までの俺ならばなんとかギリギリ歯を食いしばることによって耐えられたかもしれない。

しかし、今の俺は完全に三人への好意を自覚している。

そんな状態で最高に美しいみんなの姿を目にしたら……。

「……今日が俺の命日かもしれないな」

心臓が止まらないように心がけようと、そう思った。

◇◇◇◇

「ジン様。奥様方が大広間にてお待ちです」

「わかりました」

食い気味に返事をした俺は大股で部屋を出る。

決して走らず、だけど少しでも早く三人の姿が見たくて。

永遠のようにも感じられた一時間だった。

はやる気持ちが抑えられない俺はあっという間に大広間の扉の前にたどり着く。

この向こう側にみんなが……。

おそらく俺は語彙力を失い、子供のように「きれい」「かわいい」と連呼することしかできなくなるんじゃないかと予測している。

……あぁ、ここまできて悩んでも仕方ない。

今から俺の口が上手《うま》くなるわけではないのだ。ありったけの感情をぶつけたなら、きっとみんな喜んでくれる。

俺が好きになったのは、そういう素敵な子たちなのだから。

コンコンコンと三回ノックする。

「ジンだ。……入ってもいいか？」

「うん、どうぞ」

入室の許可が出た。

「……ふぅ。よし」

意識を引き締めるように頬《ほお》を軽く叩《たた》いた俺はドアを開けた。

扉の向こう側には純白のドレス姿に身を包んだ三人の姿があって――

「――――」

――俺の心はあっという間に奪われた。

「どうかな、ジン。あまりこういったのには慣れていないんだけど……」

リュシカは照れくさそうに、ドレスの裾を摑《つか》む。

彼女の魅力を最大限に活《い》かしたドレスは腰回りがぎゅっと絞られて、美しいシルエットをくっきりと出している。

彼女が高身長なのもあって男性だけじゃなく、女性でさえ憧れてしまうようなとても格好良くおしゃれな雰囲気に仕上がっていた。

だけど、スカート部分がふわりと甘さを利かせたタイプなのはリュシカの中の乙女《おとめ》な部分だろうか。

格好良いだけじゃなく、内面の少女の姿さえも表現したこの衣装はまさに彼女にピッタリだろう。

「すごく……すごく素敵だと思う。本当に絵画にでも残したいくらいに」

「……なんだかむず痒《がゆ》いね。あんまり服を人に褒めてもらう機会なんてなかったから」

「ちょっとジンさんっ。私も見てください！　すっごく可愛《かわい》いんですから」

プクリと頬を膨らませて、俺の手を握るユウリ。

対照的に彼女は「かわいい」の暴力だった。

ドレスに身を包んだ彼女を見た瞬間、思わず「かわいい」と呟いてしまう。そんな衝動が襲いかかってくる。

まさにお姫様と言っても過言ではない存在感あふれるドレープスカート。

腰の部分には大きなリボンの花が咲いていて、どの角度から見ても、ユウリがお姫様のような花嫁だとわかる。

まさに彼女のために作られたと言っても過言ではないくらい似合っていた。

「ユウリの魅力が何倍にも引き出されていると思う。とっても可愛いよ」

「やだ、ジンさん……。そんなに見つめて……私、照れちゃいます」

「本当に可愛いからな。見たくもなるさ」

「最後は私。ジンの大本命」

クイッと裾を引っ張るレキが今度は自分の番だと主張する。

俺は正面からドレスに包まれたレキを見て――思わず顔をそらしてしまった。

彼女が可愛いのはきちんと認識しているつもりだった。だけど、それは甘かったと言わざるを得ない。

きちんと化粧をして、ウェディングドレスを着た彼女は……こうも俺の胸をときめかせるのかというくらい可愛かった。

シンプルで王道なウェディングドレス。二の腕にかけるタイプで、少し胸が強調されている。

上から下までレースが施されており、華やかさは間違いなくいちばんだ。

ヒールを履いているからか、いつもより顔の距離も近くてドギマギしてしまう。

「どうしたの、ジン？　お腹《なか》痛い？」

「ふふっ、違いますよ、レキちゃん。ジンさんはきっと……」

「ああ、レキの姿に見とれてしまったんだ」

「……？　そうなの、ジン？」

下から覗《のぞ》き込んでくるレキ。その翡翠《ひすい》の瞳は期待を孕《はら》んでいた。

「……ああ。とても綺麗《きれい》だよ、レキ」

「……よかった。ジンに気に入ってもらえて」

ニコリと微笑《ほほえ》む彼女は本当に美しい花嫁だ。

レキだけじゃない。ユウリも、リュシカも。本当に俺にはもったいないくらいの素敵な子たち。

彼女たちを幸せにする。

そう思ったのはもう何度目かわからない。俺の心に絶対に消えない想《おも》いが灯《とも》る。

「だけど、一目惚れしたのは私たちも一緒」

「いつも格好良いですけど、今日は倍以上に素敵です！」

「うん！　全然衣装に負けてない。すごく似合っているよ」

「なんだか照れるな……。衣装とお手伝いさんのおかげだよ」

「えぇ〜？　じゃあ、私たちが可愛いのも衣装とお手伝いさんのおかげですか？」

「違う！　絶対に三人が元から可愛くて、綺麗だから俺も目を奪われて……」

「ですよね？　私たちも同じ風に思っているってことですよ」

「……ハハッ、参ったな」

見事に言いくるめられてしまった。

だけど、悪い気分じゃない。

「でも、使用人さんたちのおかげでさらに磨きがかかったのも間違いないけどね」

「うん。私、化粧できないもん」

「レキちゃんってば、最初すっぴんのまま出ようとしていたんですよ？　私たち驚いちゃったんですから」

「だって、いつものままでも私は可愛いから」

そう言ってレキはいつもの無表情ダブルピースを決める。

雰囲気のせいか、いつもの倍以上、可愛かった。

こんなみんなの姿を見たら、絶対に好きになる奴《やつ》が出るんだろうなぁ。

ああ……醜い感情だけど、このまま独り占めしたい。独り占めしたいけど……。

「……見たいって人がたくさん来てくれているからな」

俺は三人に向けて、手を伸ばす。

「さぁ、行こうか」

愛の誓いを立てるために俺たちは観衆の前へと姿を現すべく、歩みを進めた。

◇◇◇◇◇

王城まで続く大通り。そこには勇者パーティーを一目見ようと人々が押し寄せていた。

バージンロードに沿って王国の守衛が警備しているが、そんな彼らも圧《お》されているように思えるくらいの密集度。

そして、姿を現したこちらに気づいたのか、歓声がまたひときわ大きくなる。

「【勇者】様だ〜!」

「きゃぁ〜！　リュシカ様、こっち向いてください〜！」

「【聖女】様！　いつもありがとうございます！　あなた方のおかげで家族も仲良くやっていけています！」

「ジンさん！　長い旅、ご苦労様〜！」

バージンロードを歩いていると至るところから歓声が雨のように降ってくる。

その中に自分の名前を呼ぶ声もあって、思わず立ち止まりそうになってしまう。

「………………」

「どうしたの、ジン。ちゃんと手を振ってあげないと」

「あ、ああ。そうだな……そうだよな」

俺は自分に向けて声援を送ってくれた子に手を振り返す。

同じようにレキたちもわざわざ祝いに来てくれた観衆に笑顔を振りまいていた。

感謝の声を直接耳にすると、自分たちがやってきたことが実ったことを実感する。

俺は最終決戦を前にパーティーを抜けたけど……。そんなことを言うとリュシカが怒るから口にしないけど……。

『だったら、私も勇者パーティー失格だよ。魔王を倒したのはレキとユウリの二人だし』

『そう。だから、リュシカはお嫁さんになれない。バイバイ』

『ペナルティが厳しい！』

実は実家でやっていたこんなやりとりも懐かしい。

レキが【勇者】に選ばれて、彼女が心配で一緒に旅に出て……。

ユウリやリュシカという大切な仲間ができて、苦しい戦いを切り抜けた先にはみんなとの結婚があって……。

全ての出来事はつながっていて、まるで運命の導きのようだと感じる。

「なぁ、レキ」

「なに？」

「【勇者】に選ばれてよかったか？」

「……うん。今とっても楽しいから」

「そうか……なら、よかった」

「なーに、二人でイチャイチャしようとしているんですか？」

「ちゃんと私たちも交ぜてくれないとな……っと」

ユウリとリュシカが俺の両腕に腕をぎゅっと絡ませてきた。

レキは押し出される形になってしまったが、特に怒ってもいない様子。

彼女はこちらへ振り向き、フッと笑う。

「二人とも余裕ない。私は大人だから、譲ってあげる」

「「……………」」

そして、いつものダブルピース。

レキが成長したところを見られて嬉《うれ》しいものの、人を煽《あお》るのはやめなさいと今度教えないといけないな。

二人とも公衆の面前だから我慢しているけど、その分すっごい腕に力が入っているから。

この痛みを受け止めるのも夫の役目。

何事もなかったかのように歩みを再開し、王城を目指す。

それから十数分歩いただろうか。

ついに俺たちは正門が開かれた王城へとたどり着いた。

入り口には特別に設置された主祭壇があり、そこにはウルヴァルト様が立っている。

「見て、ジン。あそこ」

「あっ、本当だ」

レキの視線の先。ウルヴァルト様が設けた有料席の一角には俺の両親もいた。

俺たち全員の要望の一つが父さんたちを結婚式に呼ぶことだったからだ。

いつもは明るい二人も今日ばかりはガチガチに緊張している。

まさか息子の結婚式に参列したら、たくさん貴族様の横に座ることになるとは思わないよな。

ウルヴァルト様が服を貸してくださったのか、衣装だけは周りに見劣りしないが挙動で丸わかりだ。

真っ青な顔色をしている父さんたちを見ると、思わずこちらも笑いそうになってしまう。

「……お義父《とう》さまもお義母《かあ》さまも無事に来られてよかったですね」

「ああ。あの様子じゃあ、本人たちは勘弁してくれと思っているかもしれないけど」

「ふふっ。実家に帰った後が楽しみです」

本当は声に出してお礼を言いたいけど、二人の正体が露見してしまえば何らかの事件に巻き込まれてしまう可能性がある。

だから代わりにありがとう、と気持ちを込めて有料席に向かって手を振る。

そして、いよいよこの結婚式のフィナーレが近づいてきた。

「それではこれより魔王討伐の褒賞授与および、勇者たちの結婚式を執り行う！」

好々爺然《こうこうや》とした普段とは違うウルヴァルト様の声が辺りに響き渡る。

俺たちは事前の打ち合わせどおり、片膝をついて頭《こうべ》を垂れた。

「レキ・アリアス。ユウリ・フェリシア。リュシカ・エル・リスティア。ジン・ガイスト。

このたびは長きにわたる魔王討伐の旅路、まことにご苦労だった」

「おぬしたちの活躍により、人々を苦しめてきた魔王は滅び去り、このような式を行えることを嬉しく思う。この日より人類を含めた六種族の日々に平和は訪れ、我らは繁栄していくだろう」

「よって、貴殿らの活躍をたたえ、褒賞を授けよう！」

ウルヴァルト様の宣言に観衆が沸き、拍手に指笛、太鼓など様々な音色が王都を包んだ。

「まずはジン・ガイストには男爵位を、またそれに準ずる土地を領地として与える！」

「ありがたき幸せです。誠心誠意を込めて、国王様のために尽くす所存でございます」

立ち上がった俺はウルヴァルト様のもとまで歩み寄り、印璽《いんじ》の押された証明書を受け取る。

これがある限り、俺の男爵位としての権力は有効とされる大事な書類だ。

大切に脇に挟み、元の位置まで戻って再び敬礼のポーズを取る。

「次にレキ・アリアス。ユウリ・フェリシア。リュシカ・エル・リスティア。三名は同じものを要望した。そして、汝《なんじ》らの願いを叶《かな》えるための式を始めようではないか！」

その言葉が指し示す意味を理解した王国民の歓声はより一層高まった。

立ち上がった俺たちは顔を見合わせ、ウルヴァルト様が待つ祭壇の前まで歩調を合わせて歩いていく。

ここまで来ると逆に頭は冷静だった。

俺たちが一歩、また一歩と歩みを進めると共に観衆の声は小さくなっていく。

賑《にぎ》やかな王都では考えられないくらいの静寂が訪れる中、俺たちはついに祭壇の前に立った。

「ジン・ガイスト」

ウルヴァルト様に名前を呼ばれて半歩前に出る。

「あなたはレキ・アリアス。ユウリ・フェリシア。リュシカ・エル・リスティアを妻とし、病める時も健やかなる時も悲しみも喜びも共に分かち合い、彼女たちを愛し、敬い、慈しむことを誓いますか？」

まぶたを閉じれば、これまでの思い出がたくさんよみがえってくる。

彼女たちとの出会い。立ちはだかった困難。それらを乗り越えた後に近づいた距離。

自身の弱さへの苦悩。運命の分かれ道となった勇者パーティーからの追放。

俺はみんなの想いを知り、また俺も心の奥底に眠っていた彼女たちへの想いを知った。

そんな思い出を彼女たちの隣で、夫として俺は積み上げていきたい。

「――はい、誓います」

力強く、そう言い切った。

「レキ・アリアス。ユウリ・フェリシア。リュシカ・エル・リスティア」

俺と同じようにして、隣に三人が並ぶ。

「あなたはジン・ガイストを夫とし、病める時も健やかなる時も悲しみも喜びも共に分かち合い、彼を愛し、敬い、慈しむことを誓いますか？」

「「「はい、誓います」」」

彼女たちの返事を聞いたウルヴァルト様は微笑《ほほえ》みを浮かべた。

「それではまず指輪の交換を行う」

そう宣言されると、守衛の一人が鉄の箱を抱えて祭壇の上に置いた。

ウルヴァルト様は箱を開けると、中に入っていた結婚指輪を一つ取り出して、王国民へと見せるようにかざした。

「これはメオーン王国に伝わりし、【勇者】の加護を持つ者のみに着用が許された伝説の指輪である！」

ウルヴァルト様の手にある指輪は遠目でも美しく、意識を惹《ひ》きつける魅力があった。

ウェーブ状の指輪に埋め込まれし、六つの小さな宝玉。

あれが意味するのは六種族の証《あかし》。

それぞれの地域でしか産出しない宝石をはめ込むことによって、全ての種族がこの結婚を祝福するという意味が込められている。

【勇者】にはそれだけの価値があるのだ。

「かつて種族にこだわらず多種多様の愛を育んできた初代【勇者】のように、この指輪が彼らの愛を永遠のものとするだろう！」

……ウルヴァルト様は盛り上げ上手《じょうず》だな。

そんな演説をされて興奮しない観衆はいない。

本日いちばんのヒートアップした祝福の声が後ろから降り注ぐ。

「では、ジン・ガイスト。指輪を手に取り、妻となる者たちへ」

ゆっくりと俺たちは向かい合う。

……本当にみんな綺麗《きれい》だ。確かに指輪も綺麗だったが、それ以上に彼女たちに目を奪われる。

この指輪交換の順番は決まっていた。

レキ、ユウリ、リュシカの順に指輪を付けていく段取りになっている。

てっきりいつもみたいに争いになると思っていた俺だったが、彼女たちから理由を聞いて恥ずかしさのあまり照れてしまったのは記憶に新しい。

『そんなの簡単。ジンを好きになった順』

こういう一生に一度の晴れ舞台だからこそ、後腐れのないようにみんなで話し合って納得できる決め方をしたらしい。

……そして、その方法はこの後の誓いのキスにも採用されている。

……いかんいかん。キスは後で。今は目の前の指輪交換に集中しろ。

箱に並べられた四つの結婚指輪。

その端から順番に取ろうと手を伸ばす――瞬間だった。

「間に合いましたわね～!!」

甲高い声と共に何かが飛来したかと思えば、祭壇が真っ二つに割れていた。

とっさに異常事態だと判断した俺たちは即座に動く。

「【転移：ウルヴァルト・メ・オーン】！」

「【氷剣召喚】！」

「【聖剣】！」

リュシカが転移魔法でウルヴァルト様の安全を確保した後、俺とレキが同時に剣を呼び出し、うごめく影に向かって振り下ろす。

だが、俺たちの攻撃が当たる前にその影は俺たちの背後へと移動していた。

「あらやだ。そんなに乱暴な女はモテませんわよ」

文句を言いながら、クルクルと自分の毛先を弄《いじ》る少女。

その額には二本の角が生えており、すぐに人間じゃないとわかった。

「魔族⁉　どうしてこんなところに⁉」

「簡単なこと。ずっと潜伏していただけですの」

「はぁっ⁉」

予想の斜め上の回答だった。

でも、言われてみれば奴《やつ》の体は角を除けば人間と相違ない。

「魔王軍幹部は全員倒した。こいつ、見たことがない。だけど」

ぎゅっとレキの【聖剣】を握る力が強くなる。

「この女、強い……！」

「当たり前ですわ。なにせヒナはかの偉大な魔王の娘ですもの！」

彼女の発言にいち早く反応したのはここに集まっていた国民たちだった。

「ま、魔王の娘⁉　ってことは敵討ちに来たってことか⁉」

「や、やばいって！　殺されるじゃん！」

「に、逃げろぉぉ！」

物事を理解するための一瞬の静寂の後、観衆の悲鳴が響き渡る。

「みなさん、落ち着いてください！　慌てず、走らないで！　私たちの指示に従ってください！」

守衛たちも国民を守るために避難誘導を行っているが、いかんせん人が多すぎて統率が取れていない。

非常にまずい状況だ。だが、俺の頭を支配しているのは先ほど彼女が口にした言葉。

どこかで聞いたことがあるような――あっ!?

「もしかして……あの時のヒナさん？」

「「「えっ？」」」

俺の言葉に三人の視線が突き刺さる。

うん、ごめん。ちゃんと後で事情は説明するから。だから、そんな怖い視線をこっちに向けないで！　お願い!!

「ジン様！　ヒナのことを覚えていてくださったのですね！」

「「「……浮気？」」」

「してないって！　たまたま街で出会って迷子になっていたところを助けたんだよ」

「……相手は魔族なのに？」

「違う！　あの時は外套《がいとう》のフードを被《かぶ》っていて角なんて見えなかったんだ！」

「ジン様のおっしゃるとおりですわよ、醜い女狐《めぎつね》さんたち。結婚する相手の言うことを信じてあげないなんて……やはりヒナの予想通り、偽りの愛だったのですわね！」

やばい、やばい、やばいって、この子！

さっきから何で的確にレキたちの地雷を踏んでいくんだ。

膨れ上がっている殺気を感じないのか。それとも脅威とすら思っていないのか。

おかげで同じ仲間のはずなのに俺はみんなの顔を見られずにいた。

「……おい、お前」

聞き覚えのない怒気を孕《はら》んだ声のレキが【聖剣】をヒナへと向ける。

「何の目的で私たちの結婚式をめちゃくちゃにした？」

「ジン様を連れ去るためですわ」

「なんだと……？」

「ヒナ、とある事情でジン様がとてもほしくなってしまいましたの。安心してくださいまし。ちゃんとヒナがジン様を幸せにしますから」

「そうか。よくわかった」

「ご理解いただけましたか！　それでは早速――」

「――お前とは相容《あいい》れないってことが」

「――っ⁉」

レキは一瞬で距離を詰めて【聖剣】を振るうが、上半身をそらして避《よ》けるヒナ。

そらした勢いのまま彼女はレキを蹴り飛ばす。

「ぐっ……」

「レキちゃん！　すぐに治療します」

ユウリがレキのそばに駆け寄って回復魔法をかける。

その間もヒナは追撃することなく、余裕綽々《よゆうしゃくしゃく》といった様子だった。

「急に襲いかかってくるなんて酷《ひど》いじゃありませんか。ヒナ、まだ喋《しゃべ》っていましたのに」

「……ヒナと言ったかな？　先に結論を言っておこう。私たちはジンを渡すつもりはないんだ。だから、君の話も聞く価値がない。わかってくれるかな？」

「うーん、それでは実力行使になってしまいますわね……。ヒナ、暴れるつもりはありませんのに……」

「どんな脅しをしようが私たちの意見は変わらない。ジンは絶対に誰にも渡さない」

「そういうことでしたら仕方ありませんわね。――やってしまいなさい、パルルカ」

◇　◇　◇　◇　◇

「やってしまいなさい、パルルカ」

パンパンと手を叩《たた》く音と共にヒナお嬢様の声が聞こえる。

これはお嬢様と事前に決めた合図だ。

勇者パーティーとの交渉は決裂したのだろう。

元々、脳筋であるお嬢様に駆け引きなど期待はしていなかったので、私は巻き込まれた時点でこうなるのも予測していた。

あぁ……人間に迷惑をかけたとなれば魔王様に怒られる。

ヒナお嬢様が人間に手を出さないためのお守りでもあったのに……でも、仕方ない。

私がお嬢様に逆らえるわけがないのだ。

だから、ここで精気を奪ったせいで死人が出てしまっても——それは私じゃなくお嬢様のせいってことで。

私は王都の外へと逃げようとする人間たちの前に立ちはだかる。

「痴女⁉　今度は恥部だけ隠した全裸の痴女が現れたぞ⁉」

「なんだ、お前！　邪魔だ、そこをどけ！」

「こいつも尻尾《しっぽ》がある！　さっきの魔族の仲間なんじゃ……」

「はい。あなた正解です。ご褒美に快楽に溺れさせてあげますね」

「ん、んほぉおおおおっ!?」

私に触れられた男は白目をむき、頬《ほお》を染めて、快楽へと旅立つ。

【精気吸収《ドレインタッチ》】。死ぬまで気持ちよくなっていいんですよ」

やがて絶叫している声もしおれていき、体も痩せこけて……骨と皮になってその場に崩れ落ちた。

【精気吸収】。サキュバス族ならば誰もが保有する特有の能力。触れた相手に快楽を与えて意識のコントロールを奪い、精気を吸い取る技。

中でも私のは一級品で、男女問わず快楽に溺れさせることができる。

「きゃぁぁぁぁっ!?」

「あなた、うるさい。静かにしてね」

「つぁぁぁ……ぁ……あぁぁ……」

「ん〜。久しぶりの人間の精気美味《おい》しい〜」

魔王様が勇者にやられて性格が一変してからお預けになっていた分、なおさら。

やっぱり精気は人間のじゃないとダメだ。

そして、目の前にはエサがこんなにも大量にいる。なんて素晴らしいシチュエーション。これくらいのご褒美がないとやってられない。

ヒナお嬢様の立てた作戦はこうだ。

勇者たちは正義の味方なんだから、民衆を人質に取ったらジン様を渡してくれるはず！

シンプルでわかりやすく、かつ勇者たちには効く作戦だ。本当にあのヒナお嬢様が考えたのかと疑うくらい。

民衆よりもジンを選んだ場合、勇者たちの人望や評価はがた落ち。こんな大々的に結婚式などできないし、誰も祝福してくれなくなるだろう。

その上で私はたくさんの精気を食べることができる。

逆に民衆を選んだらジンが手に入ってヒナお嬢様も万々歳。

勇者たちがどちらを選んでも、私たちにはメリットがある。

「さぁて、次は誰にしようかなぁ？」

私が舌なめずりすると、人間たちは逆方向に逃げようとする。

馬鹿だなぁ。そんなことすれば入り口側に逃げようとしている連中とぶつかって……ほらぁ。どんどん倒れていくでしょうに。

「それじゃあ、いただきまぁす」

お嬢様からやめの合図があるまで、私は私で楽しませてもらいましょうか。

◇　◇　◇　◇

「見ての通り。ジン様を渡してくださったら人々は解放しましょう」

「あなた……なんて卑怯《ひきょう》なっ……！」

「卑怯？　そんなことありませんわ。ジン様を差し出せばいいだけの話じゃないですか。卑怯だと思うのはあなた方の事情ですわよ」

「くっ……！」

レキたちが悩んでいる。

そうこうしているうちにもまた一つ悲鳴がここまで聞こえてくる。

先ほどのやりとりでもヒナが相当な強者であることはうかがえる。

俺たち四人で臨んでも倒すには時間がかかるだろう。

その間にも犠牲者の数は増えていく。

くそっ……！　何か考えるんだ、俺！　ただでさえ役に立たないのに、思考を止めたら本当の凡人に成り下がってしまうぞ！

「それでどうするんですの？　ヒナ、あまり気が長い方じゃなくってよ」

レキだけパルルカの方へ向かわせて……それじゃあダメだ。ヒナまでパルルカの下へ向かってしまうし、前衛を欠いた俺たちだけで食い止めるのは難しい。こっちが詰んでしまう。

どうにか……どうにかして、あのパルルカって奴《やつ》の動きさえ止められたら――あっ。

刹那、天啓が俺の下へ舞い降りた。

……ある。一つだけあるぞ。

ヒナの隙を突き、パルルカを食い止められる方法が……！

この手段に必要なのはみんなとの信頼関係と俺の勇気だけ。

それならばもうすでに揃《そろ》っている!!

「わかった。俺が君の下へ行くよ、ヒナさん」

「……え？」

唐突な俺の発言にレキの瞳が曇る。

すまない、レキ。今だけはこの俺を許してほしい。

必ず戻ってきて、埋め合わせをたくさんするから。

「まぁあまぁ！　ジン様！　本当ですの!?」

ぱぁっと顔を輝かせるヒナ。

なんとも嬉《うれ》しそうだ。こんな子がどうして俺なんかに執着するのか、理由がわからないが……彼女がやったことは許せない。

そんな感情を笑顔で隠して、俺はヒナへと近づいていく。

「ああ、それでパルルカを止めてくれるんだな？」

「ええ、もちろんですわ！　で、ですが、ちゃんと私の隣に来てくださらないと」

「ほら、これでいいだろう？」

「パルルカ〜！　おやめなさい〜！　ご飯の時間は終わりですわよ〜！」

俺はあっさりとヒナの隣まで距離を詰めることができた。

それも氷の剣を手にしたまま。

油断させて不意打ちも考えた。だけど、俺ごときでは避けられてしまうのが容易に想像できる。

彼女がこんな至近距離に俺の接近を許したのも脅威だと思っていないから。

だから、俺が相手するのは彼女じゃない。

「さすがジン様！　そこにいる女狐たちとは違って、ものわかりが良くて助かりますわ！」

「ハハッ、ありがとう。なぁ、ヒナさん。これから俺はいったいどうなるんだ？」

「ご安心くださいまし！　魔王城で仲良く暮らす予定ですわよ！」

「そっか。なら、安心して俺も行けるよ。でも、その前にみんなに最後の別れを告げてもいいかな。やっぱりここまで時を共にした仲間だから」

「ええ、もちろん！　ヒナは決してジン様の嫌がることはしませんわよ」

「ありがとう。……みんな、聞いてくれるか」

俺は三人の方へと向き直る。

リュシカは信じられないと言いたげな表情で。

ユウリは俺にすがるような視線を送っている。

レキは今にも涙を流しそうなのを必死に堪《こら》えていた。

その中でも俺はリュシカへと一瞬、目配りをした。

彼女が今回の作戦のキーマンだから。頼む、気づいてくれ……！

「実はさ、俺、みんなから言われて一番嬉しかった言葉があるんだ。十日前の昼、覚えているか？　俺がユウリから言われたこと」

その瞬間、リュシカが何かに気づいたように顎に手を当てる。

ユウリも俺の狙いがわかったのか、レキに寄り添うふりをして耳元に口を寄せていた。

「あの時、上手《うま》く答えられなかったから今から返事をしようと思う」

これが彼女たちに向けた合図だ。

今まで自然と消えていた選択肢。それを選ばせるために必要な言葉。

「俺はみんなを信じる——飛ばせ、リュシカァ!!」

「——【転移：ジン・ガイスト】！」

襲いかかる無重力感。

自身の体と意識がすさまじい勢いで空間を移動していく。

そして、俺が飛ばされた先にはまさに暴れまくっていたパルルカがいた。

「あれぇ？　どうしてあなたがこちらに？」

「勇者パーティーがすることなんて一つに決まってるだろ」

俺は握っていた氷の剣の切っ先を奴へと向ける。

「化け物退治だ、この野郎」

◇　◇　◇　◇

ごしごしと溜《た》まった涙を袖で拭う。

……うん、ようやく立ち直ってきた。

ジンがいなくなるって思ったら無気力に襲われちゃったけど、もう大丈夫。

——この女を倒すことに集中できる。

「あなたたち正気ですの⁉　ジン様はあんなにかよわい方なのにパルルカを倒せるわけがないでしょう⁉」

目の前にいたジンがいなくなった魔王の娘は慌てふためく。

「それはあなたがジンのことを何も知らないから言えること」

……そうか。この女は知らないんだ。

ジンがどれだけの実力を持っているのかを。

だから、ジンがまさかパルルカを止めるために転移されることを警戒していなかった。

「……はぁ？」

「あなたは私たちにとって許せないことを三つした」

ゆらりと立ち上がる。

「一つ。人々を襲ったこと」

【聖剣】を握りしめる。

「二つ。私たちの結婚式をめちゃくちゃにしたこと」

気持ちを、感情を爆発させる。

「三つ。私たちからジンを奪おうとしたことだ……！」

「……っ！」

私の中に生まれた悲しみを、怒りを糧にして【聖剣】は大きく成長する。

「おっと、私たちを忘れてもらっては困るよ」

「レキちゃんと思っていることは一緒ですから……！」

私の隣にユウリとリュシカが並ぶ。

こんなにも頼もしい援軍はこの世の中に他にないだろう。

ジンが命がけでパルルカを引き受ける選択をしてくれた。

だったら、私たちもそれに応える……！

「覚悟して、ヒナ。――あなたの命も今日ここまで」

◇　◇　◇　◇

俺とパルルカは一進一退の攻防を繰り広げていた。

「くっ……！　ちょこまかと……！」

奴の武器は【精気吸収】だとわかっている。

今まで倒してきたサキュバスも同じ技を使ってきたから。

だから、体術を活《い》かして触れられないことだけに気をつければいい。

「【光球】」

「小賢《こざか》しい真似《まね》を……！」

「これが取り柄なもんでね！」

パチンと指を鳴らすと指先で光の球がはじけて視界を奪う。

ひるんだ隙に氷の剣でダメージを狙いに行くが、パルルカは大きく後ろに飛んでかわしてみせた。

「【炎の十二弾丸《フレイム・バレット》】！」

「【闇の波動《ダークネス・ウエーブ》】！」

今なら当たるかと放った炎の弾丸は闇に呑《の》み込まれて、消滅してしまう。

ここまで戦って思ったが……やっぱり今はまだ難しいか。

だったら、仕方ないな。さっきも言ったとおり、みんなが信じた俺を信じることにしよう。

「どうしました？　当たらなければ意味がありませんよ！」

「それはお互い様だろう！」

この戦いにおいて初めて俺から攻めに出る。

「【斬風刃《ウインド・カッター》】！」

「一体何種類の魔法を扱えるんですか、あなたは……！」

「倒したあとならいくらでも教えてやるよ」

撃ち出された風の刃《やいば》を翼を使って、空へと回避したパルルカ。

奴に向かって氷の剣を投擲《とうてき》するが、クルリと旋回してこれもまた避《よ》けられた。

さぁ、後はこれに乗っ、て、くるかだが、ここまで俺はただひたすら奴にいらだちを与えてきた。

格下と見下している奴に大好きな食事の邪魔をされ、手こずらされている事実。

そんな俺が武器を手放した好機。間違いなく攻めてくる！

「ふふっ、どうしました。やけになりましたか!?」

「ぐっ、【氷剣召】――」

「もう遅い！」

確かにみんなは俺の実力は魔王軍幹部にならら通用すると言ってくれた。

だけど、ここ数日は結婚式の準備で戦法については全く学べていない。

長い間、染みついた戦い方をすぐに変えろというのは難しい話だ。

ならば、簡単な話だ。

奴が攻撃を放っている隙を狙えばいい。

「捉えたっ！」

パルルカの手が俺の腕を摑《つか》んだ。

さぁ、堪えてみせろ、ジン・ガイスト。

俺が耐えてきた快楽の日々を思い出せ。

俺のひざの上に座ってポジションが悪いからと尻をこすりつけてきたレキとの時間を。

わざと大きめの服を着て、朝起きたらおはだけを装おうとしていたリュシカとの時間を。

どこでも腕に胸を密着させて、俺の理性をゴリゴリと削ってきたユウリとの時間を。

三人と同じベッドにいたせいで全く眠れなかったあの夜を!!

「これで終わりです！　【精気吸収】！」

「うぉぉぉぉぉぉっ！」

神経を狂わせるような気持ちいい感覚が襲いかかってくる。

だけど、これはまがい物だ。所詮はただの幻想！

俺は知っているだろう!?

彼女たちの本物の感触を。

愛する三人のものよりも快楽を与えてくれるものがこの世にあるのか。ないに決まっているだろう……！

そして、なにより……俺は童貞のまま死にたくないっ!!

「……捕まえたぜ」

奪われた体の自由を取り返し、今度は逆にパルルカの腕を掴み返す。

フッ……まさかあの禁欲の日々で鍛えられた理性が役に立つ日が来るとはな。

「──なっ⁉　ま、まさか耐えた⁉　この私の【精気吸収】を⁉」

「……惜しかった。お前がもう少し本気を出していれば俺は負けていたかもしれない」

これは事実だ。

だけど、同時に彼女が本気の【精気吸収】を使うことはできないだろうとも予測していた。

もし俺が死んでしまえば、ヒナが何をするかわからない。

そういう意味でもパルルカにとって、俺が戦場に向かってくるのは予想外だったのだろう。いちばんやりにくい相手だったはずだ。

「だが、勝ったのは俺だ。反省会は目が覚めてからやるんだな」

顔が青ざめていく彼女の腹にそっと手を当てる。

食らいな、回避不可能のゼロ距離での魔法。

「──フレイム・バレットォォォォ！」

「あぁぁぁぁぁぁっ⁉」

まともに全弾命中したパルルカの体はプスプスと煙を上げて、真っ黒になっていた。

だけど、魔王軍幹部がこの程度で死ぬとは思っていない。

せいぜいが気絶しているくらいだろう。

だから、目を覚ます前に一気に片を付ける必要がある。

俺は思いきり息を吸い込んで、彼女の名前を呼ぶ。

「リュシカァ!!」

次の瞬間、再び転移魔法独特の浮遊感が俺を襲った。

◇◇◇◇

「――なっ!?　パルルカがやられたっ!?」

「そんな隙見せていいの？」

「しまっ……んぐぅっ!?」

真横から思い切り【聖剣】を叩《たた》きつけられる。

ヒナの肌はお父様譲りでちょっとやそっとのことでは切れませんが、それでも痛いものは痛い。

なによりヒナたちにとって劇物である聖なる光を扱える加護を持つ二人の前で隙を作る

のはマズいですわ！

「ああ、女神よ。救《すく》いを。裁きを。執行《すくい》を。彼の者へと施したまえ――【魂滅《たましいほろ》びの唄】」

「こんなところで……やられませんわよっ！」

【聖女】によって放たれた聖なる光を上空へと飛んで避ける。

すると、今度は下で【勇者】が【聖剣】を構えていた。

「天にて微笑《ほほえ》む戦女神よ。眼前広がる全ての邪悪を無に還《かえ》せ――」

あれを受けてしまってはヒナもお父様と同じようになってしまう！

それだけは嫌だ！　あんなアイデンティティを失った人形みたいにはなりたくないっ！

こうなってしまったらやむを得ませんわ！

パルルカは置いて、ヒナだけでも飛んで逃げて――

「【転移：ジン・ガイスト、パルルカ】」

「よぉ、ヒナ。さっきぶり」

――突然、目の前に現れたヒナの弱くて可愛《かわい》くて優しい王子様《ヒーロー》。

彼の腕の中では焦げ臭くなったパルルカがぐったりとしていた。

「ほら。こいつも連れていってやってくれ」

「えっ、きゃっ」

ジン様に投げられて思わず受け取る体勢を取ってしまう。

……あら。まだパルルカは生きていますわね。

「俺は仲間を大切にする優しい子が好きだよ」

「わ、わかりましたわ！」

そう言うと彼は満足気に落下していく。

そこで下に目を向けた瞬間、ヒナは自分の行動が一歩遅れたことに気がついた。

「――【罪裁きの聖剣《エクスカリバー》】」

「きゃぁぁぁあっ!?　どうしてこうなりますのぉぉぉぉ！」

刹那、白い光の奔流が視界を埋め尽くした。

◇　◇　◇　◇　◇

ヒナが吹き飛ばされていくのを特等席で見た俺は体を丸めて、彼女が受け取りやすい体勢を取る。

恐怖はなかった。絶対にレキならキャッチしてくれると信じていたから。

「よいしょっと」

空一面だった視界にレキの顔が加わる。

彼女は俺の無事を確かめると、ホッと息を漏らした。

「……おかえり、ジン」

「……ああ、ただいまっふる⁉」

「わぁ〜」

変な声になったのは横からユウリとリュシカが飛びついてきたから。

レキも一緒に倒れて、そのまま押しつぶされるが襟首を引っ張られて頬《ほお》をパンパンと往復ビンタされる。

「もうジンさん！　いきなりあんな作戦取らないでください！　心臓に悪かったんですから！」

「そうだよ！　こっちで戦っている途中、ジンの悲鳴が聞こえてきた時はどうしようかと思ったんだぞ⁉」

「……っ！　……ぇ！　……ぅ！」

「二人とも落ち着いて。ジンが全く喋《しゃべ》れてない」

レキが仲裁に入ってくれたおかげで二人からの攻撃が止まる。

し、死ぬかと思った……。

これでもパルルカの【精気吸収】でいくらかの精気は吸われているのだ。体力は結構限界だったりする。

「レキちゃんはいいんですか!?　ジンさんを叩かなくて？　一番悲しんでいたじゃないですか」

「私はジンの作戦を最初から見破ってた。あれは嘘泣《うそな》き」

「そんなバレバレな嘘でごまかすのは無理ですからね!?」

ユウリの言うとおりだ。あの涙が嘘じゃないってことは俺がよくわかっている。

それでもレキが嘘をつくのは俺をかばってくれているのだろう。

ありがたいとは思うが、それはする必要のないことだ。

俺は起き上がると、そっとレキを抱きしめる。

「……すまん。一瞬でも、あんな嘘をついて」

レキは家族に関することで、心に深い傷を負っている。

その事実を知っている俺が嘘でもレキを捨てるような言動をして、どれほど傷つけてしまっただろうか。

たとえあの状況を脱するために必要だったとはいえ、謝らなければならなかった。

「……ん、次あんなこと言ったら絶対許さない」

「約束する。二度とあんなことは言わないよ」

「……それならいい」

そう言って、俺をぎゅっと抱き寄せたレキは顔を胸元へと埋《うず》める。

そんな彼女の様子を見て、ユウリとリュシカは安堵《あんど》の表情を浮かべた。

「お～い、ジン！　レキ！　フェリシア！　リスティア！」

戦いの余韻が消え去って弛緩《しかん》した空気の中、俺たちを呼ぶ声がする。

そちらを見やればウルヴァルト様がこちらに向かって、歩いてきていた。

「ウルヴァルト様！　ご無事だったんですね！」

「うむ。リュシカが即座に王都の外へと【転移】させてくれたおかげでの」

「まだお前には死なれては困るからな。それよりも国民たちの被害は確認したか？」

「いま守衛たちがやっているところでの。戦いの後で申し訳ないが、おぬしらも協力してくれるか？」

「わかりました。すぐに向かいます」

「よろしく頼む。ワシも一つだけ確認でき次第、王城への衛生兵を連れて戻る」

「確認？　何のです？」

「結婚指輪じゃよ。これまでの国王が受け継いできた【勇者】の証《あかし》。なくすわけにはいかんからの」

……そうだった。

ヒナは俺が結婚指輪を取る前に襲撃してきたのだ。結婚指輪が置かれていた祭壇に向かって。

「……ジン。これってもしかして」

「……嫌な予感がする」

「す、すぐに確認しましょう！」

「祭壇は……あそこか！」

リュシカの指さす先には祭壇だった物の残骸があった。

俺たちは急いで駆け寄って、その周囲を探す。

「……ないっ！　どこにもないっ！」

「そ、その大きな木片の下は⁉」

「ん。持ち上げる」

レキが真っ二つに割れた木片を両方どかす。

すると、その下には――

「「「「あぁぁ～っ⁉」」」」

バラバラに砕け散った結婚指輪が散らばっていた。

Epilogue エピローグ

あの記憶に残る結婚式からはや七日。

俺たちは――まだ王城にとどまっていた。

「あぁ～、せっかくの結婚式が～」

「いつまで泣いているんだい、ユウリ。もう七日も前じゃないか」

「泣きますよ！　一生に一度の晴れ舞台が台無しにされて、なにより！　また旅に出ないといけないなんて～！」

「……仕方ないだろう。結婚指輪を作り直すには各種族の国を回らないといけないんだから」

先日の魔王の娘と名乗る少女による勇者結婚式襲撃事件は数人の死者が出てしまったことが、各国にも伝えられた。

併せて魔王の娘によって代々【勇者】のために受け継がれてきた結婚指輪が破壊されたことも。

これらに対し、各国の王は迅速なヒナ討伐のために動き出す旨と再び結婚指輪を作ることを快諾してくれた。

しかし、結婚指輪は元々持ち回りで作製したらしく、それぞれ秘匿の技術を使用しているために各国を回る必要が出てきた。

……で、俺たちは結婚指輪を回収する旅のための準備をしているというわけである。

「もう普通の結婚指輪でいいじゃないですか！」

「あれは六種族の結束の証でもあったらしいからな。平和の象徴としても王国にとって欠かせないそうだ」

「うぅ……指輪がないから結婚式もやり直せない……。全てはあのヒナとかいう女のせいです！　今度会ったらボコボコにしてやりますよ……！」

「ユウリ。めちゃくちゃ燃えてる」

レキによると、ヒナは死んでいないらしい。

浄化――聖なる光で魔族を改心。もしくは消滅させること――できた場合は感覚的にわかるらしく、ヒナの場合はその手応えがなかったとのこと。

どういうわけか聖なる光が効かなかったらしい。

つまり、彼女は吹き飛ばされてまだどこかで生きている可能性がある。

それでユウリはこんなにも復讐《ふくしゅう》の炎を燃やしているわけだ。

「ユウリの気持ちももちろんわかるけどね。まぁ、俺も完成したらしい故郷の家に帰りたかったし」

リュシカによるとつい先日、働かせていた狂骨竜人から報告があったらしい。

かなり張り切ったらしくずいぶん立派な建物が出来上がったみたいだ。

「それは私もだよ。もう何十日も帰っていないからね」

「ハハッ、まさかもう一度旅に出る羽目になるとは……」

「ん。でも、私はちょっと楽しみ」

「……どうしてですか、レキちゃん？」

「今度は家族として旅に出られる。きっと良い思い出になると思うから」

そう言って、心底楽しそうに荷造りをしていくレキ。

……そんなことを言われたら、いつまでも俺たちがグチグチ言うわけにはいかないよな。

ダラダラと進めていた俺たちの荷造りの速度は上がっていく。

「……今回は前とは違うルートで行ってみるのもありだな」

「だったら、私は最初に水の都に行きたいです！　あそこの宝石、すごく綺麗《きれい》なので」

「私はやっぱり故郷のエルフの里かなぁ。結婚報告をして、みんなを驚かせてやるんだ」

「これもある意味では新婚旅行」

「そして、全部の国を回って……」


「「「──もう一回、結婚式を開く！」」」


全員の声が重なって、俺たちは破顔した。

みんな考えることは一緒みたいだ。

「結婚式があんな形で終わるのは嫌だもんな」

「今度は王都じゃなくて、ジンさんの故郷でやりましょう！　もちろん予算は国王持ちで！」

「それはいいアイデアだね、ユウリ。俄然《がぜん》楽しみになってきた」

「今度は指輪を壊されないように新居の中で指輪の交換もする……！」

「……そういえば」

「うん、どうかしたか、ユウリ？」

「私たちって誓いのキスもしていませんよね？　それについてはどうしますか？」

一瞬で静寂が空間を支配した。

リュシカは顔を真っ赤にして、レキは恥ずかしげに目をそらし、ユウリは露骨に唇を触ってアピールしている。

……いや、やっぱり、そのダメなんじゃないかな。

こんなムードもへったくれもない中で誓いのキスをするなんて。

心の中で言い訳を並べる俺はすぅ……と息を吐き、

「さぁ、明日はウルヴァルト様にも呼ばれているし、今日は早く寝ようか」

露骨に話題を切り替えた。

だ、だって仕方ないじゃん！

こんな急に言われたって勇気なんて出ないって！

俺がそうこうためらっているうちにも、レキたちはいつもの自分のポジションへとすばやく移動した。

「ほら、ジンさん。早く来てくださ〜い」

「私たちの間で寝られるなんてジンは幸せ者だねぇ」

「ジン、ベッド入って。私、寝られない」

「……そろそろベッドは分けた方がいいと思うんだけどなぁ」

……と口では言いつつも、もうこの形に慣れてしまった自分がいる。

今では近くに人のぬくもりがないと落ち着かないくらいだ。

灯《あか》りを消した俺は誘われるがままベッドの中に潜り込む。

「……やっぱり四人一緒だとちょっと狭いな」

「ええ、でも近くにジンさんを感じられて、私は嬉《うれ》しいですけど」

「こういうのも家族じゃないとできない尊いことだと思うよ」

「ジンの上、寝心地いいから気にならない」

「ハハッ。俺はいつも身動き取れないけどね」

……あれ？　この状況……すごくマズくない？

左右、上から熱い視線を感じる。

「……ジンがへたれなのはわかってる」

「こんな状況がずっと続いても手を出してこないわけだからね」

「——だから、みんな話し合って決めたんです」

暗闇の中でかすかに鳴る水音。

頬《ほお》に柔らかなものが触れる。

この世で俺だけが享受できる幸せの感触。

「……私たちから攻めるので逃げないでくださいね、旦那様」

「今度は君からしてくれるのを楽しみにしているから」
「……幸せな結婚生活を送ろうね、あなた」

Afterword あとがき

おはこんにちこんばんおっぱい！（気さくな挨拶）

はじめまして、木の芽《きめ》です。おそらく一文目の挨拶で思い出してくださった方は他作品をお買い上げくださったのでしょう。お久しぶりです。

このたびは『勇者パーティーをクビになったので故郷に帰ったら、メンバー全員がついてきたんだが』をご購入いただきありがとうございます。

本作はカクヨムという小説投稿サイトで投稿していたものを加筆・修正した作品で、ご縁があってスニーカー文庫様より書籍化させていただきました。

すでに中身をお読みになった方はわかると思いますが、本作品の特徴は遠慮なく暴れまくるヒロインたちとそれを受け入れる（もしくは受け流す）主人公との掛け合いだと思います。

私自身、昔から人を笑わせるのが大好きでして。

修学旅行の一発芸では友達の女子生徒に制服を借りて、その女子に着替えさせてもらった女装のままダンスをしたり。文化祭では全身緑のスーツを着て女子二人にケツを棒で叩《たた》かれたりと芸を披露したりするくらいには前に出て人を笑顔にするのが好きです。

学生の頃に経験したプレイの話じゃないです。本当です。ただ人を笑顔にするのが好きという事実を思い出を交えて伝えたかっただけなんです。

信じてください。

そういうわけで、本作を読了したみなさまが笑顔で本を閉じられるように精一杯面白いやりとりを描写しました。

生き生きとしている登場人物たちの魅力がみなさまに届いていれば、これに勝る喜びはございません。

ハーレムラブコメである本作、みなさまにも推しができていますように。

さて、話は変わりますが、みなさまは今年の夏をいかがお過ごしになったでしょうか。

この本が発売される頃には秋になっていると思うのですが、せっかくなので私の夏の思い出のお話でもさせてください。

私はこの夏、地元の海へと遊びに行きました。

何のために？　もちろん、可愛《かわい》い水着姿の女の子を見に行くためですね。

肉感むちむちな太もも。照れ恥ずかしそうにパーカーを脱ぐ姿。

なによりはち切れんばかりのおっぱいっっっ!!

たまりませんでしたね。このために私は生きているんだなぁ、と性を。失礼いたしました。私は生きているんだなぁ、と精を。申し訳ございません、修正します。生を実感しました。

他作品を知っている方はもちろんご存じだと思うのですが、私は三度の飯よりおっぱいが大好きなので、開放的になるこの時期は結構好きだったりします。

もちろん暑さは堪《こた》えるのですが、猛暑はもうしょうがないって感じで諦めています、ガハハ!

空気が冷えましたね。ちょうど涼しくなったのではないでしょうか。

話を戻しますが、そう。夏の思い出です。

私は海へと繰り出したのですが、そこでなんとナンパをされました。人生で初めてだったので本当にビックリしました。

それも相手が、谷間のほくろがエッチな茶髪の巨乳お姉さんだったからです。

えっ？　こんなお姉さんが私を……？　と何度も夢なのではと疑いましたね。

ええ、まぁ、その疑い通り、ここまで全て夢の話なんですが。

私の夏の時間は全て執筆で消えました。見ていたのも文字がたくさん映ったモニターと机に積み上げられたエナジードリンクと栄養ドリンクの缶ビンの山です。

悲しいですね。来年こそは別の思い出を作りたいと思います。

ちなみに前述した学生の頃のプレイは本物です。間違えました。思い出は本物です。

さて、私のさみしい夏の出来事も書き終えましたので、そろそろページ数も少なく、謝辞へと移らせていただきます。

担当編集のN様。書籍化のお声がけ&お手伝い、ありがとうございます。

プロトタイプから五割以上書き直すことになった本作ですが、一緒にストーリーを考えてくださったおかげでより面白い作品になりました。

イラスト担当の希《のぞみ》先生。

可愛さがたっぷり詰まったイラスト。ヒロインの魅力を引き出す服装のデザインを描き出してくださって、ありがとうございます。

希先生のおかげで彼女たちをもっともっと読者のみなさまも好きになってくださったと思います。

また校正者様、デザイナー様、印刷会社様。様々な方々に支えていただいて、本作をみなさまのお手元に届けることができました。

最後にここまでお付き合いいただいた読者のみなさま。

重ね重ね本作を手に取ってくださり、ありがとうございました。
みなさまに面白かったと思っていただければ幸いです。
本作の登場人物たちと共に、また読者のみなさまと会える日を楽しみにしております。
それでは、これにて締めさせていただければ。

木の芽

巻発売
めでとう
ございます!
キちゃん、
っぱい食べそう
所が可愛い
す……!!
2023.9.29
Nozomi

勇者《ゆうしゃ》パーティーをクビになったので故郷《こきょう》に帰《かえ》ったら、メンバー全員《ぜんいん》がついてきたんだが

著　木《き》の芽《め》

角川スニーカー文庫　23840

2023年10月１日　初版発行

発行者　山下直久

発　行　株式会社KADOKAWA
〒102-8177 東京都千代田区富士見2-13-3
電話　0570-002-301（ナビダイヤル）

印刷所　株式会社暁印刷
製本所　本間製本株式会社

◇◇◇

Printed in Japan　ISBN 978-4-04-114185-4　C0193

★ご意見、ご感想をお送りください★
〒102-8177 東京都千代田区富士見 2-13-3
株式会社KADOKAWA　角川スニーカー文庫編集部気付
「木の芽」先生「希」先生

角川文庫発刊に際して

角川源義

第二次世界大戦の敗北は、軍事力の敗北であった以上に、私たちの若い文化力の敗退であった。私たちの文化が戦争に対して如何に無力であり、単なるあだ花に過ぎなかったかを、私たちは身を以て体験し痛感した。西洋近代文化の摂取にとって、明治以後八十年の歳月は決して短かすぎたとは言えない。にもかかわらず、近代文化の伝統を確立し、自由な批判と柔軟な良識に富む文化層として自らを形成することに私たちは失敗して来た。そしてこれは、各層への文化の普及滲透を任務とする出版人の責任でもあった。

一九四五年以来、私たちは再び振出しに戻り、第一歩から踏み出すことを余儀なくされた。これは大きな不幸ではあるが、反面、これまでの混沌・未熟・歪曲の中にあった我が国の文化に秩序と確たる基礎を齎らすためには絶好の機会でもある。角川書店は、このような祖国の文化的危機にあたり、微力をも顧みず再建の礎石たるべき抱負と決意とをもって出発したが、ここに創立以来の念願を果すべく角川文庫を発刊する。これまで刊行されたあらゆる全集叢書文庫類の長所と短所とを検討し、古今東西の不朽の典籍を、良心的編集のもとに、廉価に、そして書架にふさわしい美本として、多くのひとびとに提供しようとする。しかし私たちは徒らに百科全書的な知識のジレッタントを作ることを目的とせず、あくまで祖国の文化に秩序と再建への道を示し、この文庫を角川書店の栄ある事業として、今後永久に継続発展せしめ、学芸と教養との殿堂として大成せんことを期したい。多くの読書子の愛情ある忠言と支持とによって、この希望と抱負とを完遂せしめられんことを願う。

一九四九年五月三日

真の仲間じゃないと
勇者のパーティーを
追い出されたので、
辺境で
スローライフ
することに
しました
Banished from the brave man's group, I decided to lead a slow life in the back country.
ざっぽん
illust.やすも
お姫様との幸せいっぱいな
辺境スローライフが開幕!!
WEB発超大型話題作、遂に文庫化!
コンテンツ
盛り沢山の
特設サイトは
コチラ!
シリーズ好評発売中!
スニーカー文庫

「私は脇役だからさ」と言って笑う
そんなキミが1番かわいい。
クラスで
2番目に可愛い
女の子と
友だちになった
たかた [イラスト] 日向あずり
第6回
カクヨム
Web小説コンテスト
特別賞
ラブコメ
部門
『クラスで2番目に可愛い』と噂の朝凪さん。No.1人気の天海さんにも頼られるしっかり者の彼女は……金曜日の放課後だけ、俺の家に遊びに来る。本当は無邪気で甘えたがり。素顔で過ごす、二人だけの時間。

スニーカー文庫

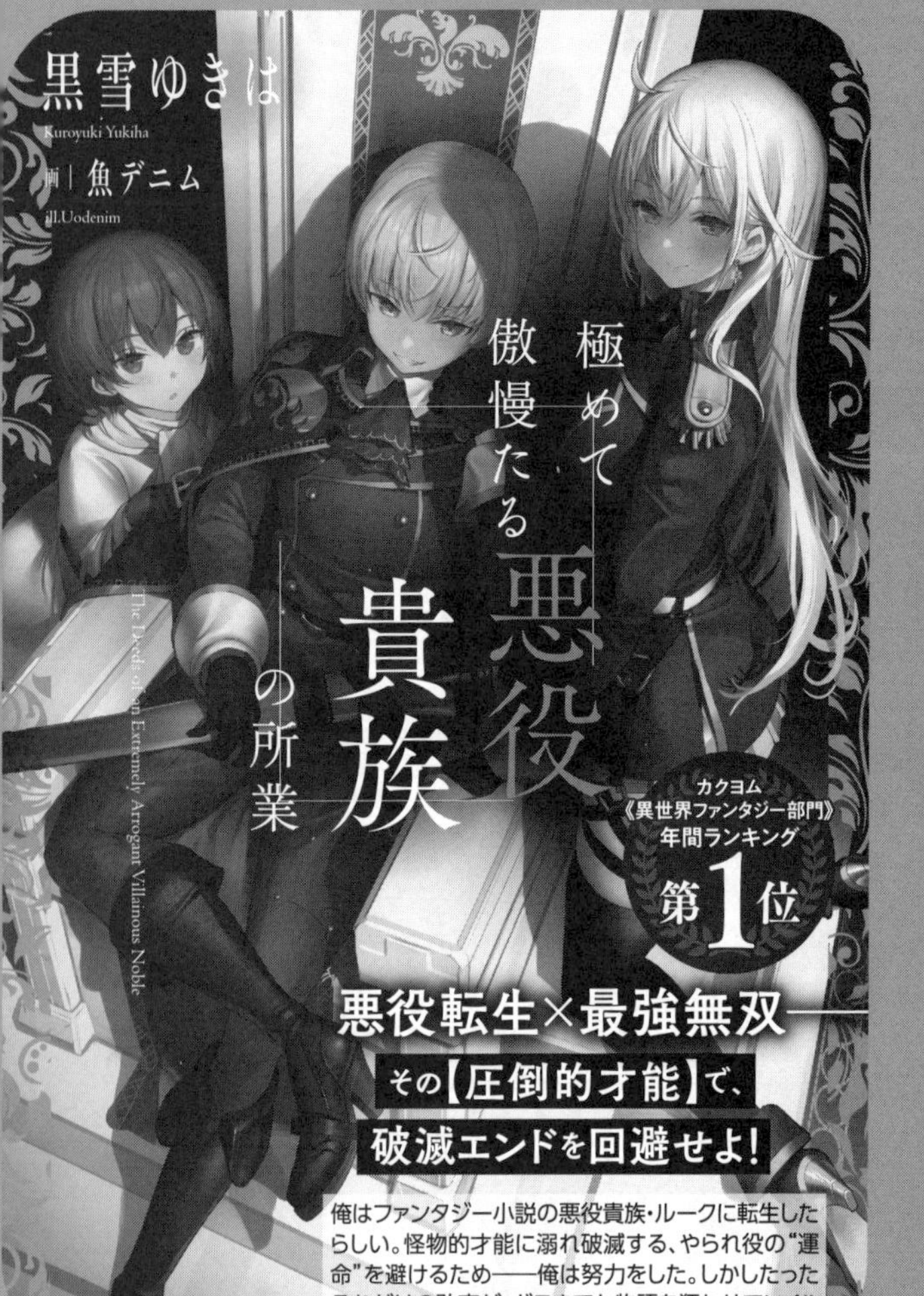
黒雪ゆきは
Kuroyuki Yukiha
画｜魚デニム
ill.Uodenim
極めて傲慢たる悪役貴族の所業
The Deeds of an Extremely Arrogant Villainous Noble
カクヨム
《異世界ファンタジー部門》
年間ランキング
第1位
悪役転生×最強無双――
その【圧倒的才能】で、
破滅エンドを回避せよ!
俺はファンタジー小説の悪役貴族・ルークに転生したらしい。怪物的才能に溺れ破滅する、やられ役の“運命”を避けるため――俺は努力をした。しかしたったそれだけの改変が、どこまでも物語を狂わせていく!!
スニーカー文庫

静かに過ごしたいのに、
なぜか《S級美女》と
学園ハーレム
ラブコメに!?
なぜかS級美女達の話題に俺があがる件
脇岡こなつ
ill. magako
《S級美女》と呼ばれる女子高生・姫川沙羅、小日向凛、高森結奈。彼女たちが噂しているイケメンは学校一地味な俺!? 静かな高校生活を送るため、彼女たちに嫌われようと動くのだが全てが裏目に出てしまい……。

スニーカー文庫